ネメシス
V

藤石波矢

JN051571

講談社
タイガ

デザイン

坂野公一（welle design）

目次

ネメシス Ⅴ

第一話

真実とフェイクのあいだに

つづら折りに伸びる田舎道《いなかみち》で風真尚希《かざまなおき》と栗田一秋《くりたかずあき》はしばらく手を合わせていた。二人は探偵事務所ネメシスの「名探偵」と社長としてではなく、暗い過去を分け合う同志として今は佇《たたず》んでいた。

あの事故から十九年が経《た》つこの場所に、今年も静かな春が訪れようとしている。

事故の日はひどい雨だった。あの日の無慈悲で冷たい別れを忘れないで、と風真を繋《つな》ぎとめるように、今日は寒い。

大丈夫、忘れるわけない、と風真は心で告げて、目を開く。

「ようやくここまできましたね、社長」

「ああ。菅研《かんけん》の正体を摑《つか》むまでもう一歩だ」

「水帆《みずほ》さん、芽衣子《めいこ》さん。もう少しだけ待っててください」

おぼろげな点と点を結びながら、ようやく真相への入り口が見えてきたところなのだ。

トリガーとなっているのは紛《まぎ》れもなく、美神《みかみ》アンナの存在だった。今頃事務所で留守番をしている本人は知る由もないだろう。

車に戻ろうとすると、栗田が足を止めた。つられて風真も立ち止まり、視線を追う。

「最近、ここに来たやつがいるな。女だ」

湿った土にハイヒールの足跡が残っている。

＊

誓いを新たにした数日後の朝、大変なニュースを目にした風真は、事務所に慌ただしく飛び込んだ。瞬間、ぐにゅっとした何かを踏んづける。たとえるなら栗田のふくらはぎのような感触。

「……ったいっ！」

栗田のふくらはぎだった。

「あ、社長！　すみません。まさかドアの前で寝そべってるなんて」

「寝そべってるように見えるか？　社長自らが床掃除を……」

長身の栗田が雑巾《ぞうきん》を振りかざして喚《わめ》くのを聞き流して風真は奥に向かう。

「アンナ！」

助手の名前を呼ぶ。アンナはマットの上でストレッチをしていた。

「風真さん、遅い！　今日は一緒に朝ヨガって言ったじゃないですか」

あぁ、そういえば教えてくれって頼んだんだった。でも今はヨガどころじゃないのだ。

「大変だ、食糧危機だぞ」

聞き捨てならぬ、という様子で顔を向けたのは隣接する社長室で丸くなっている秋田犬のマーロウだ。「大丈夫、おまえの危機じゃない」と告げる。と、脚を引《ひ》き摺《ず》って迫ってきた栗田に雑巾で叩《たた》かれる。

「食糧より俺とおまえの人間関係が崩壊の危機だ」

なおも雑巾で風真の顔を拭《ふ》こうとしてくる。小学生みたいなことはやめてほしい。

「食糧危機ってなんですか？」

「見てくれアンナ」

社長を押しのけてスマホをアンナに見せる。

「DR.ハオツー、来月閉店!?」

アンナが悲鳴に似た声を上げる。栗田が首を傾《かし》げた。

「ハオツーってリンリンの店か」

「です。今朝SNSを検索したら出てきたんですけど」

「ん？　おまえ、ハオツーでネット検索したのか？」

「え、いや、まあ気まぐれで」

実のところは、「ネメシス」「名探偵」「話題の探偵」「風真尚希」「風真　かっこいい」「風真さん　天才」といったキーワードでいわゆるエゴサーチをしたのだ。というより、連日している。もう、日課のレベルである。

名探偵として風真の名前が世間に売れ出して数ヵ月。本当は、類《たぐい》まれな推理力で事件を解決しているのは助手のアンナである、ということはネメシスの機密事項だ。とはいえ風真も天才のふりという仕事をこなしているわけだし、いろいろと体も張っている。ちやほやされて喜ぶ権利はあるだろう。

そんなわけでエゴサーチをしていたら、「ネメシスにハオツーの女の店員が入ってくの何回か見たけど。閉店なんてかわいそう。風真さん、助けてやればいいのに」というつぶやきを発見。ハオツーで検索すると閉店のお知らせを残念がる声がいくつかヒットしたのだ。

「リンリンなんか言ってなかったか？　昨日も出前に来たよな」

「全然。これ本当なの？」

「何人もの人たちがつぶやいてるし本当だろう。いや、前々からあんな攻めたメニューだらけの店が生き残ってる方が不思議だったんだ。アンナ以外の人類に需要があるとは思えない」

「一点の曇りもなく失礼ですね。朋美《ともみ》ちゃんにも需要あるし！」

四葉《よつば》朋美は『ボマー事件』で知り合った少女で、今はアンナの友達だ。確かにあの子もDR.ハオツーファンだった。

「とにかくアンナの貴重な食糧源が絶たれるんだ。食糧危機だろ？」

「うーん」

その時、事務所のドアが開く音がした。

「コニチワー、ハオツーよ」

「リンリン！」

風真は駆け寄る。

「今日は裏メニューの牛丼《ぎゅうどん》いなり寿司《ずし》 with ハバネロ、置いとくネ」

メニューの表と裏の差がわからない、とか、なぜハバネロを with しちゃったのか、とかつっこみたいことはあったが、飲み込む。

「聞いたよ。閉店するんだって？　ハオツー」

するとリンリンは珍しく顔をしかめた。

「ネットのやつ、嘘嘘《うそうそ》。デタラメ」

「えっ？」

「うちのライバル店の嫌がらせケド。すごい迷惑。抗議したよ。ハオツーは黒字。安心しなさい」

「あ、はい」

リンリンが岡持《おかも》ちを担いで出て行くと、アンナがほっと息をつく。

「ただのフェイクニュースじゃん」

「踊らされたな。怖い世の中だ」

栗田がため息をつく。

「本当にデマかな？　リンリンが嘘ついてる可能性も」

「ひどっ。そんなわけないじゃないですか」

「うーん、そう、だな」

アンナの言う通りだ。呆気《あっけ》なく騙《だま》されたと認めたくないだけだった。

「さて！　食糧危機は解決したし、いなり寿司を食べる前にヨガ、やりますよ。社長もどうですか？」

「俺は朝の掃除で温まった。次は朝の読書だな」

「読書ってどうせグラビア雑誌でしょ」

「ヨガやるなら屋上行けよ」

風真の声は聞こえないふりで栗田は奥へ歩いていく。

「風真さん、準備準備」

助手に腕を引っ張られ、風真はため息をつく。磯子のドンファン事件の直後は依頼人が連日訪れた探偵事務所ネメシスだったが、一時的なものだった。栗田の選り好みの影響もあり、基本的には暇なのだ。助手にヨガを教わりたくもなるぐらい。

*

屋上には行かずにヨガ開始から数分、アンナは鳩《はと》のポーズに入り、体を伸ばす。静かに呼吸する。

朝から心が落ち着き、頭がクリアに、整頓《せいとん》される感覚が気持ちいい。

「ただのエクササイズじゃなくて、心と体をつないで、自分を見つめるのがヨガなんですよ。風真さんもリラックスして――」

「ぬおおぉっ」

リラックスからほど遠い雄たけびに目を開く。鷲《わし》のポーズを取った隣の風真が、崩壊しそうにぷるぷる震えている。両手両足をそれぞれ交差させ、片方の軸足で前傾姿勢だ。

「つらいっ。うおおぉっりやっ！」

「重量挙げじゃないんですから」

「カウントして早く。五、四」

「腰落として。手はもっと上！」

「ひいぃつらいつらい！」

まだ基本なのに、もう音を上げている。体なまりすぎていてこの人大丈夫かと心配になる。

「もうちょっと！　風真さんがやりたいって言ったんですよ。まだ……あれ？」

ふと視線を感じて顔を向けると、ビビッドな配色のジャケットを着た知らない男がいつのまにか事務所に入ってきていた。……こちらにカメラを構えて。

頭の中で煌々《こうこう》と不審者の三文字が光る。

「さぁ、ついに話題のネメシスの風真さんを発見しました。事務所でヨガをしているなんて予想外。やはり天才は違いますね」

不審者が軽快にしゃべっている。だれにしゃべってるんだろうか？

「ん？　え！　たじみん？　え、本物⁉」

風真が驚きの声で反応し、ヨガポーズを崩す。

「はい。たじみんこと多治見一善《たじみいちぜん》。本物で～す」

たじみん？

「だれですか？」

とアンナは訊《たず》ねる。

「暴露系配信職人、たじみん。超有名だよ」

「ネメシスの皆さん。はじめまして。たじみんで～す」

たじみんとかいう男はちゃらい挨拶《あいさつ》をしてくる。風真は「それ見たことあるやつー！」

と興奮している。アンナは、不審者ですよ？　と咎《とが》める目を向ける。

「あなたが風真さんですね。ヨガポーズもフォトジェニック！」

「え、あ、そうかな？　いや～」

「さっきののどこがフォトジェニックですか」

アンナがつっこむと同時に、社長室からジャージ姿の栗田が歩いてくる。スマホ歩きならぬグラビア雑誌歩きに集中していて、多治見には気づいていない様子だ。ヨガマットの前で顔を上げる。

「おいお前ら、ヨガは屋上でやれって……ん？　だれだ」

「おっと、チョイ悪おじさん登場だ〜」

カメラを向けられた栗田は雑誌で顔を隠す。

「ちょ、何してんだ」

「すいません、探偵さんに用があって」

たじみんがカメラを振って再びレンズを風真に向ける。

「風真さん、暴露されちゃうようなことしたんですか？」

アンナは訊ねた。

「し、してないわ！　たぶん」

「たぶん？」

と、カメラが動き、多治見がアンナに一歩近づいた。

「こちら、可愛《かわい》いお嬢さんですねー」

「えっ」

可愛い、の一言に照れてアンナは視線を泳がせる。

「爽《さわ》やか元気系少女。女優さんかと思った。朝ドラのヒロインとかできちゃいそうな」

「え〜、嬉《うれ》しい〜！」

すごい褒め言葉をかけてもらった！　という喜びは湧《わ》きつつも、

「……朝ドラってなんでしたっけ？」

アンナは風真に訊ねる。

「知らないのかよ。だいたい、女優には個性が必要だぞ」

アンナは小首を傾《かし》げる。ここは個性、をどんとアピールしておかないと。

「個性。個性！」

インドのトンボのポーズをする。

「何それ！　個性の表現！　めっちゃ面白い！」

＊

たじみん——もとい多治見一善のカメラを栗田が手でふさいだ。

「おい、撮影はやめてくれ」

「あっと、すいません、なんでも仕事に繋げちゃうタチで」

多治見が舌を見せて笑った。屈託のない少年のようだ、と風真は思った。

世代としてはテレビ視聴がメインの風真だが、動画配信者も幾人か知っている。多治見の運営するたじみんチャンネルもしばしば視聴していた。こう見えて「マスコミが報道しない大手企業の裏の顔を暴《あば》く」とか、「闇《やみ》バイトの経験者にインタビューしてみた」とか、過激で硬派な動画が多く、アポなしでの突撃も「売り」だった。

隣を見る。いまだトンボのポーズを取るアンナに、「解除しなさい」と告げる。

多治見は自由気ままに室内を歩く。ジュークボックスや本棚を眺《なが》めたり、レコードを手に取ったりする。マーロウにワン、と吠《ほ》えられると「ツー、スリー！」と返して頭を撫《な》でる。

「趣《おもむ》きがあって落ち着きますね～、どこかレトロっていうか。ネットに疲れたらこういう部屋で一休みしたい」

「うちは休憩所じゃない。なんのご用ですか？」

栗田がぶっきらぼうに言うが、えへへ、と多治見は頭を掻《か》いた。

「今日は依頼に来ました」

多治見が声音を改めて言う。

「依頼？」

「テレビの嘘を暴いてください」

テレビの嘘？

「とりあえず、話聞きましょっか」

風真は言った。

促《うなが》され多治見は自由な足取りで応接セットに着席する。

「実は……いやその前に」

多治見が時計を見た。

「実際に見てもらうのが早い。ちょっと失礼」

そう言ってテレビをつける。

朝のワイドショーで、流れていたのは多治見と、若い女性が暗がりで怪しげな粉を吸引している映像だった。テロップは『女優の久遠光莉《くおんひかり》さんと人気配信職人たじみんに麻薬疑惑』。

「えっ？　これって」

思わず風真は声を漏らす。

「あっ、久遠光莉！」

栗田も反応する。

「有名人ですか？」

脇《わき》で様子を見守っていたアンナが口を挟む。

「最近の一押しだ」

辞書でも引くように、持っていたグラビアのページをめくり、光莉の弾《はじ》ける笑顔を一同に見せつけてくる。

「脇役から主役まで器用にこなす女優で、とくに泣きの演技に定評がある。バラエティに出ればトークスキルも高い。英語に堪能《たんのう》な知性派でありつつ、ドッキリ番組で泥にまみれる芸人根性も垣間見《かいまみ》え……」

「わかったんで少し静かにしててもらえますか」

立て板に水状態の栗田の口にやんわりとチャックをさせ、風真はテレビを注視する。

ワイドショーの映像がスタジオに変わっていた。朝の顔の一人であるキャスターが『これは衝撃的な映像ですね』と深刻な顔で言う。

『昨夜ネット上に拡散されたものなんですが、またしても芸能人の薬物問題ということなんでしょうか？』

コメンテーターの中年俳優が『いやぁびっくりしました』と口を開く。『すでにネット上ではお二人へのバッシングが溢《あふ》れてるみたいですね。光莉ちゃんとは共演したことありますけど、芯《しん》のしっかりしたいい子なんですよ。だから信じられないな』

『事実関係がまだはっきりしてないでしょ。だから何とも言えないなぁ』大学准教授の肩書を持つ、二人目のコメンテーターが続く。

『でもここまで大々的に報じられたら、イメージに大きな傷がついちゃいますねぇ、二人とも。かわいそうに』同情するようでもあり他人事《ひとごと》のようでもある声だった。『事務所や本人はコメント出してないんですかね？』

『多治見さんの方はSNSで否定のコメントを出しているとのことです。久遠さんの方からはまだ――』

多治見がため息をついてテレビの音量を下げる。

「ってわけでネットは大騒ぎでして」

今度はタブレットで自身の映った麻薬吸引動画を再生させる。目の前にいる男が画面の中で麻薬を吸っている。シュールでもある。

「どういうことなんですか？　本当に麻薬を？」

風真は訊ねた。「光莉ちゃんに何してくれてんだ！」と栗田も憤慨する。多治見は首を大きく左右に振った。

「これ、フェイク動画です。僕は神に誓って麻薬なんかに手を出してません。薬物検査も今朝受けてきたところです」

はっきりした口調で多治見は答えた。

「じゃあ、このニュースは？」

「嵌《は》められたんです」

「なんてことだ」

つい先ほどフェイクニュースに騙されたばかりなので、風真は余計に怒りが湧く。まして や多治見の件はハオツー閉店どころの騒ぎではない。

「この動画が作り物？」

栗田が疑わしそうに言う。

「ＡＩなら、人の顔も簡単に合成できます」

「ディープフェイクってやつですね。その人が実際にはしていないことを、しているように見せちゃう映像技術」

アンナが相槌《あいづち》を打った。風真も聞き覚えがあった。近年アイドルがポルノ動画を作られたり、一国の大統領が偽りのメッセージを発信したことにさせられたりと問題になっている、あれだ。

「警察には届けましたし、もちろん容疑はすぐ晴れるでしょう」

でも、と多治見は続ける。

「緊急の用があって先にこちらに。と、その前に……」

多治見は袖《そで》をめくり、腕時計に似た機械をオンにする。赤外線ライトが点灯する。

「なんですか？　それ」

「真実の追求を妨害してくる人たちがいるんです。連中は僕の弱みや情報を盗もうとする。だから、大事な話をする前にはこれが欠かせなくて」

体を回転させると、棚のビデオカメラや風真のＰＣのカメラに反応して探知機のバイブが振動する。

「盗聴器と盗撮カメラの探知機です。電波とレンズを探知するんですが。大丈夫そうですね」

「すごっ。ウチも買いましょうよ」

アンナがテンションを上げて言う。使い道があるかよりも面白そう、という感性で反応している。

「十二分の一ダース、注文しろ」

栗田が適当な口調で応じる。

「一個ってことですよね」

風真はつっこんだ。道具屋の星《ほし》くんに注文すれば作ってくれそうだが。

「で、緊急の用ってのは？」

腕を組んだ栗田に、多治見が真剣な目を向ける。

「この光莉ちゃんが、昨日から行方不明なんです。だから事務所も本人もコメントの出しようがない。そして昨夜、僕に届いたメールが——」

多治見がタブレットで光莉のメールを見せる。

『私たちを嵌めた奴《やつ》はわかってるので、話をつけてきます。』

と書いてあった。

「嵌めた奴」

アンナが復唱する。

「同じメールは彼女のマネージャーさんにも届いてて、それきり連絡が取れないんです。昨日から探してるんですが見つからなくて、心配で心配で。彼女を一緒に探してもらえないでしょうか？」

「この嵌めた奴っていうのに、心当たりは？」

「僕も恨みは買う方ですけど、ここまでのことをされる心当たりは、一人だけです。最近またテレビに出だしたのでご存じかもしれませんけど」

その時点で嫌な予感はしていた。

多治見がタブレットを操作して、一人の女性の画像を写す。

「ジャーナリストの、神田凪沙《かんだなぎさ》」

風真は息を呑《の》んだ。

「あ！　風真さんが好きな人⁉」

アンナがストレートに声を上げる。

「い、いや、違うわ」

慌てて否定する。

「え？　この間もわざわざチャンネル替えて見てたじゃ……」

「その依頼、探偵事務所ネメシスが引き受けます！」

風真とアンナの会話を押しのける勢いで、栗田がきっぱりと言った。

「はや！　どうしたんですか、今日？」

アンナが不思議がるのは無理もない。栗田は依頼の選別にいつも時間をかける。そもそもネメシスの第一目的は、行方不明のアンナの父、美神始《はじめ》を探すことなのだから。

「失踪者《しっそう》がいるならほっとけねえだろう。一押しの女優だからじゃねえぞ」

失踪者は放っておけない。上手《うま》い言い方だ、と風真は思った。アンナもなるほどという顔になり、頷《うなず》く。

「ありがとうございます！　皆さん、お願いします」

多治見が立ち上がり、順番に三人と握手をする。風真は愛想笑いを返しつつ、動揺を必死に押さえていた。栗田が依頼を受けた本当の理由は「神田凪沙」が絡んでいるからに違いなかった。

＊

ネメシスの営業車であるサバーバンに乗って、アンナは風真、多治見と共に出発した。目的地には光莉のマネージャーが待っているという撮影スタジオだ。

運転する風真がいつになくずっと無口なので、アンナは静かにスマホを眺めていた。片《かた》っ端《ぱし》から多治見と光莉の麻薬吸引動画を報じるネットニュースを閲覧していたのだ。

〈久遠光莉とたじみんに薬物使用疑惑〉

〈暴露系配信職人と令和の清純派、衝撃映像拡散！〉

〈『絶望的』、『どうか偽物であってほしい』困惑するファン達〉

〈若手注目女優と人気配信職人が深夜の密会！〉……。

見出しだけでもいろいろな書き方があるものだ、と感心しつつ気になる箇所を見つけた。それについて一人考えていたが、さすがに沈黙に耐え兼ねて口を開く。

「ところでけっきょく、神田凪沙さんから恨まれてるってどういうことなんですか?」

後部座席から多治見に訊ねたのは道のりも後半に差し掛かってからだった。

助手席の多治見が振り返る。

「ニュースアイズ、知らないですか? アシスタントちゃん」

アシスタントちゃん、という呼び方に一瞬びっくりした。

「ニュースアイズ?」

「海外で暮らしてたんです。アンナは」

風真が言う。

「へぇ、そうなんだ。ニュースアイズは二年前に打ち切りになっちゃった報道番組なんだけどね」

「他の番組が追わないネタも深掘りして、けっこう話題でしたよね」

「はい。僕と光莉ちゃんはその番組でコメンテーターをしてたんです。そこで、ジャーナリストとして調査報道を担当してたのが、神田凪沙です」

多治見はタブレットで当時のニュースアイズの映像を再生した。

神田凪沙が山道でマイクを持って立っている。

『山奥で遺体となって見つかった恵美佳《めぐみか》さんは、当初事故死と見られていました。ですが殺害されたあと遺棄された可能性が浮上したのです。警察では――』

厳しい顔つきだった。

「二年前、彼女は熱心にこの事件を追ってました。そして番組内である特ダネを報道しました」

多治見はタブレットで次の映像を再生する。今度はニュースアイズのスタジオだった。神田凪沙は事件経過をまとめたスタジオモニターの前でカメラを見つめている。

『――恵美佳さんが遺体となって発見されるまでの空白期間、何があったのか。私たちは取材を続けてある事実を突き止めたのです』

一瞬、アンナは神田凪沙の表情に迷いが走ったように見えた。気のせいだろうか。迷いを振り切るように凪沙は言った。

『――恵美佳さんは、違法な人体実験のショックで亡くなった疑いがあります。行政解剖を行った監察医の方から、裏づけとなる証言を得ています』

コメンテーターの席を映すカメラに切り替わる。多治見と、光莉がいた。

『まさか、平和な日本でそんな非人道的なことが行われてるなんて。許されないことです。これを事故死としていたなんて、警察は何をしてるんですか』

多治見が怒りの口調で言う。

『もしかしたら他にも被害者がいるかもしれないですよね？　絶対に真実を明らかにしなくちゃいけないと思います』

光莉は目に涙を浮かべて、訴える口調だった。

「人体実験？　そんな……今の日本で？」

おぞましい響きに、アンナも寒気がした。

「その変死体事件について、僕らも番組で警察の捜査方針を批判しました。ですが……、その報道が嘘だってことが判明したんです」

「嘘？」

多治見が頷く。

「神田凪沙が証言をとったという監察医は、実際は解剖をしていなかった。つまり虚偽報道だったんです」

「えっ」

「組織的な人体実験なんて空想の産物だったってことです。杜撰《ずさん》にもほどがある。でも、マスコミなんてそんなものだ」

冷めた声で多治見は言った。

「呆《あき》れるのが、関係者の中で報道が虚偽だとわかってからも、番組は間違いを認めようとせず、コメンテーターの僕や光莉ちゃんにも口止めをしたんです」

車がトンネルに入る。車窓が無機質なコンクリートに包まれ、車内が暗くなる。

「ひどい。隠蔽じゃないですか」

アンナは思わず言った。

「ええ。だから僕は自分の動画で番組の不正を暴露しました」

「覚えてます。反響すごかったですよね、あの告発」

運転席の風真が前を見たまま言った。

「それからようやくですよ。ニュースアイズが間違いを公表したのは」

手品師みたいな手際で次々と映像を再生する。

『ご批判を真摯《しんし》に受け止め、再発防止に努める所存です』

顔色の悪い神田凪沙がカメラに向かって頭を下げる。

次の映像では、多治見と光莉が謝罪する。

『間違ったニュースに加担してしまったことを、お詫《わ》びします』

『ご迷惑をおかけして本当にすみませんでした』

「ニュースアイズの報道のせいでいくつかの病院や研究施設が人体実験に関与しているっ

てバッシングされたんです。僕と光莉ちゃんは責任を感じました。隠蔽を知らなかったとはいえ、コメンテーターとして影響力のある立場でしたから」

だから神田凪沙に抗議して、番組を自主降板したのだ、と多治見は語った。

「以来、僕はテレビに失望してネットメインの活動に移りました。好きなことを自由に話せて、楽しいですよ」

「でも、大変なこともあるんじゃないですか？」

アンナの問いかけに多治見は笑って首を振った。

「何があっても僕は負けません。支持してくれる大勢のファンがいますから」

ほどなく車は撮影所に到着する。

「二年前の事件はわかりました。でも、それでなんで神田凪沙が光莉さんを恨むんですか？」

駐車場で車を降りながらアンナは訊ねた。多治見は苦笑いして、そういうと思って開いておきました、とばかりにタブレットを掲げてみせてくる。

「当時、光莉ちゃんは自分のＳＮＳで神田を断罪したんです。三百万人のフォロワーに向けて」

「三百万……」

車を降りた風真が重いパンチを受けたような声で言う。

アンナはタブレットを受け取る。二年前当時のSNSのつぶやきをまとめたページだった。神田凪沙に向けられた声だ。

〈嘘つき女。どう責任取るんだよ〉

〈ニュースアイズは信じてたのに。最低〉

〈一人の女性の死を視聴率稼ぎに利用してたってことだよね……？　ありえないでしょ〉

〈神田凪沙もやっぱりマスゴミだったか。残念〉

〈謝罪見たけど、全然反省してるように見えねぇ！　土下座して詫びろ〉

〈結局顔で売ってただけだからな〉

いくら虚偽報道をしたとはいえ、ただの悪口じゃないか、というものも多くてアンナは胸が痛くなる。

週刊誌でも「虚偽報道の女」とレッテルを貼《は》られたようだ。

ジャーナリストなら、こんな目に遭うと予想できたはずなのになぜ嘘なんてついたんだろう。

「ごらんのとおり、神田は世間から大バッシングを浴びた。番組は打ち切りになり、局からも追放。けど最近、業界に戻ってきて少しずつテレビに出ているようです。ほとぼりが冷めたってことでしょうかね。視聴者をバカにしている」

悪いことをしても皆の記憶が薄れてきたら徐々に復帰。よくあることなのかもしれない。

「でも当然かつてのような信頼はない。だから彼女は、僕らを憎んでるってわけです」

「それが動機なら完全な逆恨《さかうら》みですね」

アンナの言葉に多治見が頷く。

「行きましょう」

風真が車のドアを閉めた。苦い物を噛《か》んだような顔で、ドアはいつもより大きな音がした。やっぱりファンなんじゃないの、と思いながらアンナは歩き出す。

*

ともかく平常心だ、と自分に言い聞かせ、風真は息を深く短く吸う。神田凪沙のことはひとまず置いておいて、頭を切り替えるのだ。いつもの調子に。名探偵（自称）の自分に。

多治見に案内され、屋内撮影スタジオに入った。

久遠光莉のマネージャーとの待ち合わせ場所だ。そこではドラマの撮影準備が行われていた。

「えー、すごっ……こうやって撮影してるんだ！」

初めて見る光景に、アンナが興奮している。

本物さながらの家のダイニングのセット。インテリアは細部まで手が込んでいる。食器類や家電はもちろん壁掛けカレンダーや、調味料までしっかり用意されている。だが本物の部屋と違い、一面だけ壁がなく、大きなカメラと照明に囲まれていた。

「撮影見学じゃないんだから」

風真は小さい声で助手をたしなめた。

「多治見さん！」

声がして二人の人物が駆け寄ってくる。カーディガンを羽織った短髪パーマの男性と、眼鏡《めがね》をかけた大人しそうな男性。

「こちらがマネージャーの満田《みつだ》さんです」

多治見が眼鏡の方を示して言う。

「何か手がかりありました？」

「ダメです。どこ行ったのか全然わかりません」

満田は今にも泣きそうな表情で言う。

「くそっ」

小さく多治見が吐《は》き捨《す》てた。光莉の話になるとおどけた態度はなくなる。本気で案じているのだろう。

「いやー、たじみん、大変なことになったな！」

もう一人の方は無駄に声が大きい。

「すぐに犯人炙《あぶ》り出《だ》してやりますよ。こちら、僕が捜査をお願いした」

風真はトレンチコートがなびくように前に進み出る。

「探偵の風真です」

「探偵⁉　あ、久遠光莉のチーフマネージャー、満田です」

満田が慌てて名刺を取り出す。

「こちら、光莉ちゃんを発掘したプロデューサーの浅川《あさかわ》さん」

多治見がもう一人の方を紹介する。カーディガンを「プロデューサー巻き」で羽織るプロデューサーは実在した。

「私が来たからには光莉ちゃんは必ず……」

「すいません、あの子は？」

浅川は風真のセリフを遮《さえぎ》って離れたところを指さした。「え?」と振り返ると、アンナがセットの壁に近づいて、しげしげと観察している。機材をチェックするスタッフたちに話しかけられ、雑談すらしている。いつもながら自由すぎるだろ。

「あれは助手の美神です。すみません、こういうところ初めてなんで。とはいえ、皆さん暇そうですね」

暇そう、という言い方はまずかったか、とすぐ思ったが、浅川は気にしていない様子だった。

「主演女優が行方不明で、撮影できないんですよ。たじみん、何か心当たりあるの?」

「あります。たぶん皆さんと考えてることは一緒です」

「そ、それって、もしかして二年前の、いえ」

奥歯に物が挟まったような満田が俯《うつむ》き、浅川が宙を仰ぐ。

「私のことですか?」

突然背後から声がして、皆がぎょっとした。

振り返った風真の体に震えが走った。テレビ越しには何度も見ている女性、神田凪沙が佇んでいた。

場に居合わせたスタッフも含めて動揺が伝わる。その中で、真っ先に落ち着きを取り戻したのは多治見だった。

「ちょうどいい、手間が省けました。神田凪沙さん、久しぶりです」

多治見が鞄《かばん》に手を入れた。風真の位置からはカメラの録画ボタンを押したのが見えた。

「朝から話題のようね」

冷ややかに凪沙が言う。

「たじみん終わったな、と叩かれまくってます。けど僕は無実です。マスコミは学習しませんよね、本当に。節操のないハイエナのようです」

凪沙が目を細める。多治見はずかずかと歩み寄った。

「聞きたいことは一つだけ。光莉ちゃんはどこですか？」

凪沙は無言だ。

「昨日の夜から連絡が取れないんです。あなたが関わってるんじゃないですか？」

「二つ」

「はい？」

「聞きたいことは一つっていいながら、二つ。そして盗撮はやめて」

多治見がため息をついてカメラのスイッチを切る。

「人のことは散々カメラで追い回して、自分が撮られるのはＮＧですか」

「嫌味は間に合ってるわ。光莉ちゃんのことは私も心配してる」

「心配してる？　驚きました。あなたは二年前の虚偽報道を暴かれて、叩かれて、僕と光莉ちゃんを逆恨みしてた」

「恨んでなんかいない」

凪沙は多治見から目を逸《そ》らしながら言う。

「麻薬のフェイク動画もあなたの仕業なんでしょ？」

うんざりした表情の凪沙が、風真を捉《とら》えてハッとなった。

「え？　なんで……」

言葉を続けられる前に、とっさに風真は進み出ていた。

「え、あれ？　私のことご存知ですか？　そっかぁ、けっこう認知されてきたのかなぁ。今回探偵として、この事件を捜査させていただきます！」

優雅に腰を折ってみせる。多少強引だったが、凪沙は黙して小さく会釈をしてきた。まっすぐ顔を見て話すことはできそうにない。

「僕が依頼したんですよ。神田さん。光莉ちゃんの居場所を教えて下さい！　彼女をどうした？」

語気荒く、多治見が再びカメラを向けた。凪沙は踵《きびす》を返した。

「待ってくださいよ、神田さん！」

多治見が挑みかかるように叫ぶ。

凪沙が足を止めた。その理由は、アンナが立ちはだかっていたからだ。

「おい、アンナ」

いつの間に、と風真は焦る。

「あの、すいません」

アンナが凪沙の顔を見ておずおずと言う。

「どうして、神田さんは嘘の報道をしたんですか？　真実は一つしかないのに」

凪沙はアンナの目を見返して言った。

「違う。真実は、一人一つ。自分が納得できないことは真実と呼べないのが人間よ」

今度こそ凪沙は去っていく。コツコツ、とヒールの音が遠ざかっていくのを風真は黙って見送った。

浅川がため息をついた。

「まさか彼女が関わってるなんて」

「僕も信じたくないですけどね」

多治見は言って場を離れた。

「満田さん、光莉さんが最近、神田凪沙さんのことを話していた、とかないですか?」

風真は訊ねる。満田は眼鏡に手をやる。

「二年前の件以降は、なかったと思います。昔は慕《した》っていたんですが」

「慕っていた?」

「ニュースアイズのコメンテーターに抜擢《ばってき》してくれたのも神田さんの口添えだったので」

「若手女優やアイドルが真剣にニュースを語れば、視聴者も関心を持つというのが神田の持論でしたからね」

浅川がどこか懐かしそうな口ぶりで言った。

「いい番組だったんですがねぇ。ニュースアイズは」

その後、風真とアンナはスタジオで、光莉と親しいスタッフや出演者に聞き込みをした。が、光莉の行方につながる手がかりは得られなかった。光莉は薬物に手を出すような子ではない、という証言が積み重なるだけだった。

「収穫なかったですね」

スタジオを後にしながらアンナが言う。

「せめて光莉さんが自分の意思で姿を消しただけなのか、そうじゃないのかをはっきりさせたいけど」

状況的に事件性はありそうだが、証拠はない。光莉が本当に麻薬をやっていて逃げている可能性もゼロじゃないのだ。神田凪沙、か。あまり疑いたくないが、私情を挟んではいけない。でももし彼女が犯人ならば、自分の手で暴きたい。

「仕事を放り出して消えるなんて、光莉ちゃんに限ってありえないですよ」

多治見が言うと、アンナが頷いてスタジオを軽く振り返る。

「スタッフさんたちも光莉さんは責任感が強いって口をそろえてましたし」

「主演女優が麻薬疑惑で失踪なんて、浅川さんたち大変です。お金も人も半端《はんぱ》じゃないですからね、ドラマは」

多治見の言葉にアンナがふと仕事を忘れた顔になる。

「ドラマのセットすごかったなぁ。主人公の部屋とか本当の家だと思ってたけど、騙されてた。大雨も降らせられるし、昼を夜に変えることもできるって、スタッフの人から聞きましたよ」

「めちゃくちゃ雑談してたな、アンナ」

「風真さんだって打ちとけてたでしょ」

多治見が笑った。

「作り物なのはドラマだけじゃないよ。フェイクニュースも一緒。人は見たいものしか見ないし、見てるのが本物かどうかってわからないでしょ？　そう思って、僕は生配信やり始めたんですけどね」

だれかの悪意や出来心が、嘘を広めてしまう。一度鵜呑《うの》みにした情報は、あとから嘘だと判明しても頭に残ってしまう。

わかってはいても、人は信じたいものを信じてしまう。簡単ではないのだ、何かを疑うということは。風真は「なるほど」と深く頷いた。

「やっぱり神田凪沙さんなのかな。怪しいのは」

「僕と光莉ちゃんを陥れる動機があるのは彼女です。なんで今頃になってとは思うけど」

多治見が思案顔で腕を組む。

「二年間、多治見さんと光莉さんが売れ続けているから、かもしれない」

風真は言った。二年前に英雄的な行動に出た二人の株は上がり続け、干された凪沙とは雲泥の差だ。

「正しいことをして恨まれるのは理不尽ですよね。動画で嵌めるという発想も神田凪沙さんらしいと言えそうですけど」

アンナが言うと多治見が「それに」と続ける。

「光莉ちゃんが話をつけに行こうとする相手だから、顔見知りなのは間違いないし」

アンナが何か言いかけた時、多治見のスマホが鳴った。

「あ、薬物検査の結果出ました」

スマホに送られてきた鑑定結果を見せてくる。

「白です」

多治見は麻薬の吸引などしていない。となれば十中八九、光莉も同じだ。

続けて風真のスマホが鳴る。表示された名前を見た。知人のＡＩ研究者、姫川烝位《ひめかわじょうい》からだ。

「はい、どうだった?」

と、通話に出る。

姫川は『世界を変える五十人』とやらに選出されたこともある、アンナとはベクトルの違う若き天才だ。ただ、そんなふうに言おうものなら、「僕が天才? ええ、理解の及ばない相手を天才と呼びたがる凡人の数だけ、天才は存在しますね。決して風真さんが凡人だとは言いませんけどね」的な嫌味が光通信並みの速度で返ってくる。

「もしもし。どうだった?」

「依頼された動画の解析、終わりましたよ」

やる気のなさそうな声が応《こた》える。

「マジか！　さすが姫ちゃん、仕事が早い！」

「風真さんごときの依頼なら、瞬殺です」

「ごときってなんだ」

解析を依頼したのはもちろん多治見と光莉の麻薬吸引動画である。

「で、僕のＡＩが出した結論によると、この映像はディープフェイク。上から違うレイヤーで、別人の顔を貼り付けてます。この女の人って有名人ですか？」

「うちの社長の一押し」

「ぴんとこないですが」

「姫ちゃんがぴんとくる女優いるの？」

「データそっちに送ります」

あからさまに無視かよ！

「けど、こんな単純な作業でもう僕のスペック使わないでくださいね。じゃ」

一方的に電話は切られた。星くんといい、姫川といい、ネメシスの協力者たちはなんでこうも自信家かつ風真の依頼にシビアなのか。かといって医師の黄以子《きいこ》のようにふだん自信がなさすぎるのも困るが。

「というわけです」

「映像は嘘だと証明されたということですね？」

確認するように言う多治見に、同意の首肯を返す。

「これ解析した奴は性格に難ありだけど、ＡＩ技術は信頼できます」

多治見が緊張の糸を緩《ゆる》めるような嘆息を漏らした。

「ありがとうございます。薬物検査の結果と合わせて、無実が証明されました。あとは光莉ちゃんさえ見つけ出せば」

「ええ、とにかく心当たりのあるところに行ってみましょう」

すると、アンナが「あっ」と声を上げた。

「どした？」

「私、あとから追いかけます。先、行っててください」

「え？　おい、ちょっと」

アンナはスタジオの方に走っていってしまう。いきなり単独行動？　追うべきか迷う。

「行動的なアシスタントちゃんですね」

感心したように多治見が言う。

「ええ、まぁ……」

「風真さん、ちょっと付き合ってもらっていいですか?」

「へっ?」

「いいことを思いついたんですよね～」

ニヤッとする多治見は、まさに悪戯《いたずら》のアイディアを閃《ひらめ》いた「たじみん」の顔をしていた。


多治見がスタジオ近くの空き地に、三脚でカメラを固定した。連れられてやってきた風真はイメトレを頭の中で行う。

生配信で呼びかけましょう、というのが多治見の提案だった。光莉が事件に巻き込まれておらず、配信を見たら連絡をしてくれるかもしれない。

もし事件に巻き込まれているのだとしたら、視聴者への情報提供の呼びかけになる。

確かにフォロワーが数百万人いる多治見の影響力は大きい。視聴者の中に光莉を目撃していたり、手がかりを知る関係者がいたりする可能性はある。光莉が行方不明なことはまだ公にされていないから、有益な情報を持っている者は、そのことに気づかずにいるかもしれない。

「でもまだ失踪に関してはニュースにもなっていないですよね。いいんですか」

「明日には公表されるらしいし、満田さんが事務所に話通してくれるそうです。マスコミみたいに鈍《にぶ》い動きじゃ光莉ちゃんを助けられませんよ」

多治見は強気だった。風真もその気になる。

準備オーケー、と多治見はカメラをオンにする。

*

栗田一秋は事務所でたまたまたじみんチャンネルを覗《のぞ》いていた。冷蔵庫にあった牛丼いなり寿司 with ハバネロを食べながら。不本意ながら、案外辛さがクセになってくる。

動画配信というものには疎《うと》い栗田だが、たじみんチャンネルはなかなか見ごたえのある内容が多く、ついつい一つ二つと視聴してしまった。〈たじみんが湘南で爆走してみた〉という動画を見終え、一度停止する。

風真とアンナはぼちぼち帰ってくる頃だろうか。

「連絡が遅いな」

心配が独り言になってこぼれる。風真には「神田凪沙には注意しろ」と念を押したが、大丈夫だったろうか。と、その時画面に「生配信開始」の報《しら》せが通知された。

「どうも渦中のたじみんです！」

という第一声で、たじみんチャンネルの生配信が始まった。

一緒に立っているのは調査にいったはずの、風真だ。栗田は目を見開く。

『今日は今を時めく探偵事務所ネメシスの、風真さんが一緒です！』

最初は硬かった風真だが、いざ始まれば顎《あご》に指を当てて、決め顔のカメラ目線を取った。

『こんばんは。今日はたじみんチャンネルにお邪魔しています。風真尚希です。よろしくう、お願いします』

『カッコいいです！』

『どうも』

「はあっ？」

と声を荒らげ、栗田は画面に食い入る。

『あの動画はフェイクだったと証明されました。薬物検査も陰性。なので僕は無実です。けど、光莉ちゃんの行方が分かりません』

風真が久遠光莉がフェイク動画の犯人に会った可能性があること、それから連絡がとれないことなどを語る。

『光莉さん、もしこの配信見ていたら、すぐ連絡を下さい。視聴中の皆さんも、目撃情報があれば一報を』

『警察もマスコミもあてにならない。皆の力で突き止めましょう』

『多治見さん！　ネメシスは全面協力します』

二人は視線を合わせて頷きあうと、

『この世に晴れない霧はない！』

と、声を揃《そろ》え、がっちりと握手を交《か》わした。

「首脳会談か、バカタレ！」

何を勝手なことやってるんだあいつは。アンナはどこだ？

栗田は画面に向けて怒鳴《どな》り、いなり寿司を頬張《ほおば》って、激しくむせた。

＊

アンナは撮影所の建物の一つに駆けこんでいた。神田凪沙の姿が見えたからだ。

どうやら風真は神田凪沙の調査を積極的にしたくないらしい。ついでに、なぜか知らないが凪沙は凪沙で風真を警戒しているように見えた。探偵嫌いなのか、後ろ暗いことがあるからか。探偵が重要な容疑者とまともに話もできないのでは、事件解決どころじゃない。

つまり、助手である自分の方が凪沙を調べるのに適任、と判断して、アンナは尾行したのだった。

凪沙は建物内の年季の入った喫茶室に入った。一応アンナは入り口から店内を凝視して、セットではなくて本物の店だと確認した。

そっと入店する。

まずは凪沙の席が見える場所に座り、張り込みを開始。いつも以上に探偵っぽい、とソワソワしてしまう。ちょうどお腹《なか》がすいていたのでナポリタンを注文する。トマトケチャップのポテンシャルを最大限に引き出した、日本ならではのスパゲティ。控え目に言って、大好き。テーブルにはタバスコもマヨネーズも粉チーズもある。たっぷりかけて食べよう。ああいっそうお腹がすいてきた。

一足先に凪沙の席にカレーが運ばれてくる。凪沙はカレーにテーブルの調味料をどばどばとかけ始めた。

「えっ」

アンナは小さく声を出してしまう。もしや、朋美を除けばとても希少な、自分と近い味覚なのでは。

などと興奮して観察していると、凪沙の席に男が近づいた。四十代ぐらいだろうか。とても大柄な体格で、どこかやさぐれている感じの人だ。

「相変わらず常人離れした味覚だな」

男がそう言うのが聞こえた。

「柿原《かきはら》さん」

スプーンを置いて凪沙が言う。柿原と呼ばれた男は凪沙の対面に座る。

「えらい騒ぎになったな」

「多治見は光莉ちゃんの行方を捜してるって」

柿原が舌打ちする。

「まずい事態だよな——」

重要な会話が繰り広げられている気がする。

アンナは席を立ち、抜き足差し足で二人の席に近づいた。

*

生配信を終えて、風真がアンナの行方を捜しに行こうとすると、多治見は「僕はタクシーで帰ります」と言った。

「さっきの配信のリアクションはあとで互いにチェックしましょう」

「そうですね。あ、多治見さんも念のため気をつけてください。もし光莉さんが拉致《らち》されているのなら、多治見さんも狙《ねら》われる可能性があります」

風真は言った。

「なるほど。でも、それこそチャンスですね。犯人を捕まえるチャンス」

ヒヤッとするほど、多治見は可笑《おか》しそうに言う。

「多治見さん、危険なことは……」

「もちろん、変なことは考えてません」

多治見が慌てて手を振った。

「ただ自分の武器を使って、戦う時は戦いますから」

「武器？」

そうです、と言って多治見はカメラを掲げる。

「ありのままを撮ること。犯人の顔だって映してやりますよ。動画クリエイター舐《な》めるなってね！」

カメラを突き上げる。多治見の言動には清々《すがすが》しさがあった。

「二年前テレビに逆らうのも大変だったでしょう？」

「まぁ、いろいろ言われましたけど。さっきも言った通り、変な奴らに邪魔される世界を抜け出せてよかったって思いますよ」

映像配信の仕事は、とかく気楽なものに見られがちだが、腕が問われるし、根気もいる。周りが想像する以上に孤独な作業に違いない。まして「たじみん」は取材力が持ち味だ。一匹《いっぴき》狼《おおかみ》のような価値観が行動力を生み出しているのかもしれない。だから多くの視聴者がついてくる。

「それにマスコミに失望してる人たちはすぐについてきてくれました。何が真実か、わかる人にはわかりますから」

真実は、一人一つ。耳にしたばかりの神田凪沙の言葉が妙に頭の中に響いた。

「じゃあまた、何かあったら。アシスタントちゃんと、ちょい悪社長さんによろしく」

「はい。気をつけて」

風真はそれからスタジオの敷地内を歩き回り、アンナを捜した。すると自動販売機前のベンチに座る満田と出くわす。コーンスープの缶を手に項垂《うなだ》れていた。風真が近づくと立ち上がる。

「あっ探偵さん。先ほどはどうも」

「すみません、うちの助手のアンナを見かけませんでした？」

「さあ。見てませんけど。助手の方まで失踪ですか？」

「まさか」

「ですよねぇ」

満田は乾いた笑いの後で、はぁ、とため息を落とす。

「女優を守れないなんてマネージャー失格です、私は。浅川さんが大きな仕事を任せてくれた矢先だったのに」

「気を落とさずに。光莉さんは必ず見つけますから。あっ、例の動画もやはりフェイクでした」

姫川によって解析されたことを伝える。風真の励ましに、満田は少しだけ安心した顔をした。

「やはり犯人は神田さん、なんでしょうか？」

「動機はありますがなんとも言えません」

風真は言葉を濁す。

「多治見さんと光莉を恨む人物ですもんね。多治見さんだけなら恨む人も多そうですけど」

「え？」

地味に聞き捨てならない。満田はコーンスープをすすってから内緒話の調子で言う。

「たとえば浅川さんにしても、多治見さんのこと快く思っていない気がします。テレビの人間ですから」

自由気ままにテレビを批判する多治見を疎ましく思っている、ということか。

「だからってあんな動画作らないでしょうけど」

と付け加える満田に「ですよね」と頷いて礼を言ってから休憩所を離れた。

すぐに建物からひょっこりと現れたアンナを見つけた。

「どこ行ってたんだ？」

アンナはドヤ顔を見せつけてくる。

「尾行してきましたよ」

「尾行？　だれを？」

「神田さんです」

＊

「こんの、バカタレが！」

夜も更けた探偵事務所に栗田の怒声が轟《とどろ》く。風真とマーロウはそろってびくっと体を震わせた。よしよし、と風真はマーロウを撫でる。耳をやられたら労災絶対取ろうな、と胸中でマーロウに語り掛ける。

怒られているのは、先ほど戻ったアンナだ。

「単独で事件の容疑者を尾行するな！　アンナ、おまえは助手だろ。勝手な行動をするなって言ってるだろうが！」

「でも、神田さん、なんか風真さんに敵意があったから。私が調べた方がいいかなと思って」

アンナは口を尖《とが》らせて反論するが、「言い訳はいい」とぴしゃりと撥《は》ねつけられる。

「おまえの目的は何だ。なんのためにここにいる？」

栗田の言葉にアンナはいつも身に着けているネックレスを握りしめた。行方不明の父が残したネックレスだ。

「お父さんを見つけるため、です」

「そうだ。始が見つかる前に、おまえの身に何かあったらどうする。俺は始に顔向けできねえぞ」

栗田の声は頭ごなしに怒鳴っているのではなく、アンナの身を本気で案じる響きだった。うちの社長はやはり、ただの軽薄なおっちゃんではない。

「ごめんなさい」

アンナも感じ取ったらしく、素直に謝る。

と、栗田の目が風真に向いた。やばい、ととっさに目を逸らすが無駄だった。

「だいたいおまえが悪い、風真。監督不行き届きだ、バカタレが！」

「えー、俺っすか？」

矛先を向けられてアンナのように口を尖らす。

「俺っすかーー、じゃねえ、このバカちんが！」

「あ、変わった」

「しかもなんだあの生放送」

「生配信です」

「どっちでもいいわ！　あんな恥ずかしい動画撮ってる暇があるなら聞き込みしろ」

「ひどっ！　お言葉ですけど、あの配信にたくさんの視聴者コメントが続々と寄せられてるんです。有力情報があるかもしれないじゃないですか」

「どこのだれかわからん奴の書き込みなんか、本当か怪しいだろ」

確かに「光莉ちゃんらしき人を見た」とか、「近所に怪しい空き家がある」とか、コメントは届いているが、一つ一つの信憑性《しんぴょうせい》は低い。

「そこは、精査して見極めて……」

「おまえにできるのか？　DR.ハオツー閉店にコロッと騙された奴が」

「うっ。いいですよ！　一個一個、怪しい場所をしらみつぶしにします」

「しらみつぶすのにどんだけ時間かかるんだ」

「な、なるだけ急ぎますっ！　徹夜覚悟です！」

「夜は寝るんだバカタレ」

「え、やさしさ⁉」

その時はまさか本当に眠れない夜が始まるとは考えてもいなかった。

＊

ネメシスが捜索依頼を受けた女優、久遠光莉は廃工場の一室にいた。

体の自由は奪われて、麻袋を被《かぶ》せられている。意識はなかった。仮に途中で目覚めることができたとしても、真っ暗な視界で冷たい風を感じ、流れ落ちる水の音を聞いただけだっただろう。自力で逃げることはできない状態だった。

廃工場の夜は更けていく。

＊

朝六時五十五分、探偵事務所で風真は戦っていた。睡魔と。もう負けてもいいんじゃないかと自分を甘やかしたくなる。

スマートな名探偵にあるまじき労働を、夜通しでしたのだ。

「もう無理。ちょっとだけ寝――」

独《ひと》り言《ごと》を遮り、けたたましい音が鳴る。

「うへっ」

チャイムの音が二度鳴って、ドアが開いた。

「風真さん？　僕です。入りますよ」

多治見の声だった。

「え、あ、おはようございます」

風真は慌てた。

部屋に入ってきた多治見が目を丸くする。

「どうしたんですか⁉」

無理もない。床には地図や書類が散乱しているのだから。

「動画に寄せられた情報と、神田凪沙の行動範囲を照らし合わせて、光莉ちゃんが監禁されてそうな場所を調べたんです。一晩中。で、この有様《ありさま》ですよ。今急いで片付けようとしてたんですけど」

風真は苦笑いした。

「服、ずいぶん汚れてますね」

「いろいろ駆け回ってたんで」

多治見は感服したような顔でカメラを取り出し、スイッチを入れる。

「え、え？」

戸惑う風真をよそに自由にカメラを回し始める。

「たじみんです！　ご覧ください。探偵の風真さんが光莉ちゃんのために、徹夜で調査して下さっています」

ちょっとこんな姿撮るのはやめてください、などと恥ずかしがる風真ではない。

汚れたシャツの襟を直しながらカメラに見得を切る。

「光莉さんは絶対に救います。頑張りましょう！」

「……カット。いいですね。熱いですよ風真さん」

一度、多治見はカメラをしまう。

「ところで多治見さん、こんな早くにどうしたんですか？」

「考えたんです。光莉ちゃんを救うには、朝から神田を張り込むのが一番だと。そう思いついたら居ても立っても居られ……」

話している途中で多治見のスマホが鳴る。取り出した多治見はハッと息を吞んだ。

「風真さん、光莉ちゃんからです！」

「ええっ」

ディスプレイではブレブレの動画が再生されていた。

「光莉ちゃんから今送られてきた動画です」

「えっ！」

倒れている人間が後ろ手に撮っているような動画だ。黒っぽい壁、コンクリートの床、廃材の山、といったものを断片的に映して数秒で切れる。

「これはきっと光莉さんからのＳＯＳです！」

風真は鋭敏な表情で言った。

「犯人の隙《すき》をついて送ってきた？」

「ええ。手がかりがあるかも」

多治見がもう一度動画を再生させ、コマ送りにする。二人は画面を凝視した。一瞬、看板らしきプレートが映った。多治見が一時停止する。『京浜ネジ製作所』と読める。

「京浜ネジ製作所」

テーブルのノートパソコンで急ぎ風真は検索する。川崎にある町工場がヒット。地図を表示する。風真は続いてスマホを操作した。アンナと栗田に多治見と工場に向かう旨をメールする。

多治見も自身のタブレットでルートを検索している。

「光莉ちゃんは僕に助けを求めてきたんだ。助けなきゃ。行きましょう！」

ふだんの軽さは消え、必死な口調だった。

風真は頷き、多治見と共に事務所を飛び出す。

駐車場のサバーバンの前で風真は立ち止まり、「ちょっと待ってください」と多治見に言った。一分、二分と時間が過ぎて多治見が焦《じ》れた声を出す。

「何待ってるんですか？　急がないと光莉ちゃんが」

「まもなく来るはずです。凄腕《すごうで》ドライバーが。俺が運転するより早いんで」

多治見はよくわからない、という顔をしたが、「了解です」と頷き、タブレットで検索を始めた。

どうやら京浜ネジ製作所の情報を探しているらしい。

「この工場、やっぱり神田凪沙と接点ありました」

「え？」

「五年前、神田が従業員の不法労働問題を取り上げて、廃業に追い込まれた工場です」

風真は一瞬、瞬きしてから「くそっ」と吐き出す。

「もっと早く見つけてれば」

「悔《く》やんでも仕方ないです。できることをしましょう」

多治見は小型カメラを装着したキャップを被る。風真が不思議そうに見ると、「生配信します」と胸を張った。

「万が一犯人に襲われても、これで証拠が残りますから」

「な、なるほど」

と、エンジン音を響かせ、駐車場にスポーツカーが滑《すべ》り込《こ》んできた。

「わっ」

多治見が引くほどぎりぎりの位置で停車する。

運転席から顔を出したのは、磯子《いそご》のドンファン殺人事件以来顔なじみの医師、上原《うえはら》黄以子だ。

「乗れ、風真。ぼさっとすんな」

今日も車に乗っている時はドSが全開である。

はい、と返事して深呼吸してから乗車する。後部座席に乗った多治見を振り返る。

「必ずシートベルトをして、舌を嚙まないように。念のため、酔い止めです」

風真は錠剤とペットボトルの水を差しだす。

「はい？　ど、どうも」

多治見がごくりと薬を飲むと、

「行くよ」

黄以子がアクセルを踏んだ。

「まだ目的地言ってな、いいいぃ！」

怒濤《どとう》のドライブが始まる。

何度体験しても慣れない凄《すさ》まじい速度。直線の道では、このまま大気圏に飛び出してもおかしくないのではと錯覚する。

「ひえええええ何これーーー！　カメラ、ブレる〜」

絶叫マシンが苦手な風真はもちろん、さすがの多治見もキャップを押さえて絶叫している。

「で、電話で言ってたようにほんとに、あたしが必要なんだろうな！」

ハンドルを切りながら黄以子が言う。

「ええ！　もしかしたら怪我人《けがにん》出るかもしれないんで、医者としての黄以子さんの力が
……ひいいぃ！」

もはやまともにしゃべれない。

上りたての朝日に照らされながら、スポーツカーは横浜市を飛び出し、川崎市につっこむ。風真はスマホを取り出し、「あとごふん。実況みてて」とメッセージを打ち、アンナ

と栗田に送信した。

京浜ネジ製作所は、絵に描いたような廃工場だった。

スポーツカーからふらふらと下車した風真と多治見は、薄汚れた建物を見上げる。壁は塗装が剝《は》げていて、窓も割れている。放置された重機は錆《さ》びついている。

運転席から降りた黄以子が声と体を震わせる。

「えぇぇ何これぇ……？　嫌な空気ぷんぷんじゃん。不吉。なんか出る。殺人鬼いる絶対」

「さっそく人格チェンジしてる」

黄以子が強気なのは運転中だけで、ふだんはネガティブの沼に生息する根暗な生物なのだ。ジキルとハイドもさもありなんという二面性だった。

「絶対どっかに死体あるよそれか私が死体になって埋められちゃうよぉ」

「埋められませんって」

黄以子と風真をよそに多治見は進み出ていた。

「車内では取り乱しましたが、緊急生配信中です。僕と風真さん、助《すけ》っ人《と》のお医者さんの上原さんは、川崎の廃工場に到着。絶対に犯人を捕まえて光莉ちゃんを助けます」

挑みかかるような顔つきで建物に踏み出す。

「頼む、間に合ってくれ！」

祈る口調で叫ぶ。風真は一瞬、感動を覚えた。

「行きましょう」

風真が先頭に立って三人は工場内に駆け込む。屋内は薄暗く、雨風が吹き込んだせいか荒れている。

ネジ製造機械、鈍色のネジ山、土嚢《どのう》袋などが見える。

後ろを窺《うかが》うと、多治見と多治見のカメラが周囲を見渡していた。黄以子はお化け屋敷《やしき》を怖がるように、出入り口近くでまごついている。

「光莉ちゃん！」

「光莉さん、いますか？」

多治見と風真が叫ぶ。

反応はない。風真は歩くスピードに気をつけながら奥に進む。

「見てください」

多治見が声を上げた。振り返ると多治見が地面を指さしている。スマホが落ちていた。見落としてもおかしくない機械の陰にあった。

「光莉さんの？」

「やっぱりここにいるんだ。上も見てみましょう」

「置いてかないでぇ〜」

黄以子が小走りでやってきた。

「ここで待機しててください。ほら、窓の傍《そば》なら暗くないし」

多治見が言い、窓の方を指す。風真も目を向けた。その時。窓の向こうに何かが落ちた。ドン！　という大きな衝撃音。

「えええぇぇ」

黄以子がへたり込む。

「今のは……何か落ちた？」

「行きましょう！　外です」

＊

栗田は、スマホを片手に腰をさすった。

今は現場の実況中継を見届けるほかなかった。

たじみんチャンネルの生配信だ。

早朝風真からの連絡が入った時は緊張が走ったが、まだ緊張は続いている。

画面の中、先頭を走る風真。カメラ、つまり多治見が続く。映像が激しく揺れて酔いそうになる。

外に出て一瞬の白飛び。

多治見の息遣いが激しくなる。

先を行く風真は建物を回り込んで、裏手で立ち止まる。さっき何かが落ちた窓の、外側だ。

画面を見るだけの栗田も固唾《かたず》を呑んだ。

大きな麻袋が地面に落ちている。

背を向けたまま風真が袋を開く。カメラは風真の肩越しに袋の中を覗く。

光莉が入っていた。

栗田は声にならない呼吸を漏らしていた。いつもテレビや雑誌で見ていた女優の顔が……。

カメラが動く。光莉は体を縄で縛られ、口に粘着テープを貼られている。

『光莉ちゃん！』

多治見が絶叫して麻袋に駆け寄る。フレーム外から伸びてきた手がそれを止めた。黄以子だった。強気なドライバーでも根暗ネガティブでもない、医師の顔つきがカメラを見据える。

『動かさないで！　離れてください』

カメラは言われるまま数歩下がる。風真も同様だった。

黄以子は光莉の口から粘着テープをそっと剝がし、息を確認。続いて脈を取る。風真も多治見も、カメラ越しの視聴者たちも、じっと見守るしかない。片隅《かたすみ》に置かれたブルーシートが風にはためく音だけが数秒流れた。栗田は背中に嫌な汗をかいた。

黄以子がゆっくりと振り返る。風真と、カメラを見て沈痛な顔を伏せた。

『死んでます』

『そんな……そんな！』

風真が上を見る。

『あそこか。突き落とされたのか！』

反応した多治見のカメラが建物を見上げた。

三階の窓が開いている。

多治見が走り出す。再びカメラが激しく揺れる。薄暗い工場内に飛び込む。

『絶対捕まえてやる』

殺伐《さつばつ》とした声を多治見が出した。

栗田は生配信を見守る視聴者たちの反応をうかがう。コメントは様々だった。多治見の行動を称賛する者、無謀だ、警察を呼ぶべきだ、と訴える者、実際に通報した者、光莉の死というショッキングな事態に呆然《ぼうぜん》としている者、展開についていけず、勢い任せにSNSに書き込む者……。

一人として同じ人間はいないな、と栗田は思う。

様々な者たちの「目」を背負い、カメラは階段を駆け上る。二階へ、そして三階へ。

栗田は息を殺して見守る。

カメラが三階の廊下を走る。走り疲れたように、画面がふらついている。

一つ、ドアから廊下に水が漏れている部屋がある。

『ここか』

息を弾ませた多治見の声。

部屋に入る。カメラは床を見て、壁の蛇口を見る。水が溢《あふ》れ出《で》ている。

『なんだこれ』

カメラはパンして開け放たれた窓に向けられる。壁際には作業台がある。部屋の全貌《ぜんぼう》はフレームに収まっていないが、一階ほど雑多な部屋でない印象は伝わる。

そのまま窓に向かって突き進む。転がっているドラム缶がいくつか映った。走る多治見の足が当たったのか、ドラム缶の一つが転がるくぐもった音が聞こえた。

窓の前で立ち止まった時だった。カメラが激しくぶれた。

『あれ？』

という多治見の声とともにカメラが地面に落ちた。

「危ねぇ」

栗田は思わずつぶやいていた。

多治見の首が男の腕に締め上げられる瞬間を、見上げるアングルでカメラはおさめた。

多治見は抵抗するが押さえ込まれてぐったりしていく。

そして、背後に忍び寄るハイヒールの足を、映した。

『なんで……！』

多治見は言いかけて気を失ったようだった。麻袋を被せられる。ほぼ同時に、カメラのスイッチも切られ、視点は暗転する。

栗田は息を吐いた。画面の中で繰り広げられた一瞬の出来事は、まるで作り物のようだった。

＊

黄以子を下に残し、多治見に続いて風真は工場の三階にやってきた。久遠光莉の死。最悪の結末。すなわち犯人の描いたシナリオだ。ひどく疲れていたが、事件は終わっていない。こんなことを仕組んだ犯人を追いつめなくては。

廊下を進むと水浸しの作業室が見える。まだ水が流れ出ている音がする。

「犯人が部屋を水浸しにする理由」

いつも推理はアンナ任せだが、自分なりに頭を働かせてみる。

「たとえば、そう。床に残った足跡を洗い流すため」

うん、きっとそう警察も判断するだろう。

水音が止まる。蛇口をだれかが閉めたようだ。

風真はゆっくりと水浸しの作業室に入った。

鋭いまなざしで風真を出迎えたのは、神田凪沙だった。

＊

多治見は椅子《いす》の上で目を覚ました。自分の体が椅子に縛られていることに気づき、ゾッとする。

見回すと水浸しの床。転がるドラム缶。光莉が落下した窓がある。

どれぐらい眠っていたのか。いや、何が起きたのか。光莉の死体を見つけ、工場の三階まで駆け上がり、この作業室に入った。

そして大柄な男に襲われた。もみ合っているうちに急に意識が遠のいていった。

どういうことだ。皆目わからずパニックになる。

「……くっ」

身をよじるが、縄はほどけない。

窓には雨が打ちつけている。ざぁざぁという雨音が多治見を苛立《いらだ》たせた。

「くそっ……なんなんだ……！」

もがいた多治見は、部屋の端《はし》に落ちている何かを見つけた。目を凝《こ》らして見ると、古びたナイフである。元工員の落とし物か忘れ物か？　とにかく多治見にとって僥倖《ぎょうこう》だった。

椅子ごと移動させて取ろうと試みる。

その時ドアの外から、カツカツと足音が近づいてきた。

入ってきたのは神田凪沙だった。

「お目覚めですか」

「神田……！」

多治見は衝撃に顔を歪《ゆが》めていた。

凪沙の後ろから、自分の首を絞めた男も姿を現す。

「なんだおまえ！　だれなんだ！」

「名乗るほどのもんじゃねぇよ」

男は耳をほじりながら言う。

「ふざけるな。名乗れよ！」

「多治見さん」

声がして新たな人影が入室してきた。

風真とアンナだった。よかった、と本心から思った。

「風真さん⁉　助けて！　殺される」

大声で訴える。風真はゆっくりと多治見の後に回り、縄をほどいた。自由になり、すぐさま立ち上がる。

「あいつら捕まえてくれ。犯人だ！」

「ええ。でもその前に、真相を解明しないといけません」

「真相？」

「廃工場の一室、窓を打つ雨音。被害者と容疑者の狭間《はざま》。完璧《かんぺき》な舞台です」

風真は舞台に立つ役者のような優雅さで言った。

「この世に晴れない霧がないように、解けない謎《なぞ》もいつかは解ける。解いてみせましょう、この謎を。さあ真相解明の時間です」

風真の斜め隣に進み出たアンナは雑誌を持っていた。週刊エブリーという週刊誌だ。多治見は嫌な予感に顔をしかめた。

風真はアンナをちらっと窺ってから、多治見の眼前で手を叩く。

「結論から言いましょう。久遠光莉さんを拉致監禁し、殺害したのは神田凪沙さんではない。犯人は、多治見さん、あなたです！」

＊

アンナは風真の斜め前に立って、多治見の表情を観察した。呆然としてから、多治見はちょっと笑った。簡単に認めるわけないのは予測通りだ。

「僕が犯人？　このタイミングで冗談言ってます？」

「いいえ。あなたは私たちを欺《あざむ》いていた。名探偵風真尚希を利用しようとしたんです」

ふっと笑みが消え、語気が荒くなる。

「ふざけんなよ、なんで俺なんだよ」

風真が目を泳がせ、耳をいじる。

いつも「アンナの推理を骨伝導イヤホンで聞きながら皆に披露する」ため、つい出てしまった癖《くせ》なのだが、この場で気づいているのはアンナしかいない。頑張れ、風真さん。今日は二人とも骨伝導イヤホンも隠しマイクも身に着けていないのだ。

アンナは週刊エブリーを団扇《うちわ》代わりに扇《あお》ぐ動きをして、言う。

「風真さん、大丈夫です」

「うん。では、多治見さんの計画を明かしましょう。事の発端は、二年前のニュースアイズ虚偽報道事件。あれは、虚偽ではなかった。凪沙さん、説明してもらえますか？」

凪沙が口を開く。

「二年前、恵美佳さんを解剖した監察医は実在した。人体実験を受けた可能性がある、との証言も得ていた。でも、私たちが報道した直後、彼は証言を翻《ひるがえ》して消えてしまったんです」

私たちが報道した、か。

凪沙の話を聞きながらアンナは、前日の喫茶室での会話を思い返す。


前日、夕刻。

喫茶室でアンナは立ち聞きを開始している。

「えらい騒ぎになったな」

「多治見は光莉ちゃんの行方を捜してるって」

柿原が舌打ちする。

「まずい事態だよな――」

凪沙と柿原の席に近い柱に隠れてアンナは耳をすます。

柿原が凪沙に向けて頭を下げた。

「役に立てずすまん。まさかあんなタイミングで――」

その時、柱に隠れたアンナのお腹が派手に鳴った。凪沙が気づき、柿原を制する。アンナと思い切り目が合った。

立ち聞きには限界があるし、ちょうどいい。

「すみません、ちょっとお話いいですか？」

凪沙は警戒した顔つきで、柿原も不審そうに睨《にら》んでくる。

「あっ、神田さんもタバスコマヨカレー好きなんですか？　私も大好きです！」

笑いかけるが、凪沙はにこりともしない。至近距離で見ると改めて、色っぽくてきれいな人だ、とアンナは思った。けどそれ以上に強い目をしている、とも。

「あなた、風真さんの指示でここに？」

「いえ……」あ、ここは指示でと言うことにしておいた方がいいか？「想像に任せまーす」

「なんだ？　風真って？」

「多治見が依頼したらしい。ネメシスとかって探偵事務所に」

凪沙が柿原に説明した。

「この方はどなたですか？」

「帰んな、お嬢ちゃん」

柿原が野良猫を追い払うようにしっしっ、と手を振る。アンナは動じず、二人を見比べる。

「もしかして密談ですか？　多治見さんと光莉さんを嵌めるための」

凪沙が目を細める。

「あなた……」

「あっ、ちょっと待ってください！」

店員がナポリタンを運んでくるのが見えてアンナは慌てて取りに行った。

皿を持って二人の席に戻り、タバスコとマヨネーズをドバドバかける。聞き込みのためにナポリタンが冷めたらもったいない。

「何者だよ、まじで」

柿原が困惑気味に言う。

「私はネメシスの助手ですって。柿原さんこそ何者ですか？」

「しがない週刊誌の記者だっつーの」

粉チーズをふりかけながら柿原を見た。

「週刊エブリーの？」

柿原がぎょっとなる。

「あー、なるほど！」

アンナは点と点がわずかにつながった感覚に嬉しくなる。

「どうして彼が週刊エブリーだと？」

凪沙が言う。

「今日、多治見さんの依頼を受けてから、例の麻薬吸引動画を報じる記事をたくさん読んだんです」

手がかりはないかと、撮影所に向かう車中で記事を読《よ》み漁《あさ》った。

「あ、うちの風真さんがですけど」

アンナは付け足してから続けた。

「そうしたら風真さん、一つおかしな記事があるって。週刊エブリーです。あっ、ちょうどそこに」

アンナが読んだのは電子版だったが、雑誌が柿原の鞄につっこまれていた。「借ります」と言って引き抜き、ページを開く。

〈若手注目女優と人気配信職人が深夜の密会！〉という見出しと写真がでかでかと載っている。

「ほら、これです。発売日は昨日。内容もおかしいですよね？」

顔を見合わせる凪沙と柿原を見て、アンナはナポリタンを食べる。ケチャップとマヨネーズのペトペト感、弾けるタバスコ。たまらない！　一口を堪能してから凪沙を見た。

「二年前の虚偽報道事件って、本当にあったんですか？」

ニュース映像でしか見ていないが、凪沙が適当なでっち上げをするような人には見えない。なぜかアンナはそう直感していた。これじゃあ風真さんと変わらないな、と思いつつ。

「虚偽じゃねぇよ」

柿原が言った。

「柿原さん」

「神田凪沙がフェイクニュース流したなんて、こいつを知ってる人間からすりゃ、へそが茶を沸かす話だ」

「へそが茶を？」

なにその超常現象？　奥深い日本語に戸惑うアンナをよそに柿原はまくしたてる。

「こいつはだれより地道に取材していたんだ。亡くなった女性のためにな。ところが上が事を急《せ》いた」

「上？」

「局の上層部だよ」

「それ以上は私が話す」

凪沙が柿原を制した。意を決したようにアンナを見つめる。

「監察医の証言は得たけど、私はまだまだ裏付けが必要だと思ってた。でも上司に、他局が摑む前に特ダネとして報道しろと圧力をかけられたの。番組は私一人の力で作れるものじゃない。けっきょく裏付けが不十分なまま、私は一報を」

悔やむように凪沙は一瞬目を閉じた。

「結果はご存じの通り。報道は覆されて、だれも人体実験疑惑を信じなくなった。私の責任」

「数字に目がくらんだ上のせいだろ」

柿原が言った。

「責任全部おまえに押し付けて」

「ってことは」

アンナはナポリタンを忘れて身を乗り出していた。

「凪沙さんが虚偽報道をしたという話が、虚偽？」

凪沙は静かに頷いた。

＊

風真は話をする凪沙を静かに見つめていた。多治見を見据えるまっすぐなまなざしを。

「私は二年前に干された後も、ずっとあの事件を追い続けてました。でも、取材すればするほど、答えが遠のくばかりだった。でも先月突然、光莉さんから連絡が来たんです。久しぶりに会った彼女は泣きそうな様子で謝罪をしてきました。『二年前のあのニュースを、凪沙さんの嘘だと決めつけてしまっていた』と」

「決めつけたも何も、あの事件は」

反論しようとする多治見を風真は掌《てのひら》を向けて制する。凪沙は続けた。

「彼女は言いました。『この間、多治見さんが番組の打ち上げで、酔っ払ってポロッと言ったんです。神田凪沙はあの時、嵌められたんだって』」

「適当なこと言わないでください。またでっちあげですか⁉」

「でっちあげなんかじゃない！　光莉さんは泣いて謝罪をしてきた。多治見さんは全て知っているようだ、取り返しのつかないことをしてしまった、と苦しんでいた！」

凪沙は憤る口調で言い返した。多治見が口を噤《つぐ》む。

「彼女は、あなたが何か知っているに違いないと思って、私に協力したいと言ってくれました」

「具体的には何を?」

風真は問う。

「知人のバーで、光莉さんが多治見さんにお酒を呑ませ、カマをかけた」

「飲んだのは事実だけど? 確かに、妙に神田さんの話をしてくるなぁとは思いました」

挑戦的に多治見は笑い返した。

「僕は何も失言はしていない。しようもないですからね」

「世の中には触っちゃいけないこともある、触った神田が悪い、って言ったでしょ」

「言ったかもしれないですね。あぁ、もしかして隠し撮りでもしてたのかな。ちっとも気づかなかったけど」

風真は多治見の言い方にわざとらしさを感じた。多治見は途中で光莉のカメラに気づいていたのだろう。決定的なことは言わなかったのだ。用心深い男だ。

無意識に風真は、転がるドラム缶に目を向けていた。缶には穴が開いている。アンナが小さく咳払《せきばら》いしたので、ハッと視線を戻す。

凪沙が続けた。

「あなたの言う通り光莉さんはカメラを回していた。証拠となる会話は引き出せなかった。でも、光莉さんが私にこう提案したんです。『この動画をマスコミに送りましょう』」

「つまり、多治見さんと光莉さんが二人で酒を飲んでいる映像を?」

風真は質問を挟む。凪沙が首肯する。

「たじみんと久遠光莉、深夜の密会。マスコミは食いつくはずだと光莉さんは言った。そうして記者会見を開く。その場で多治見さんの発言をマスコミに公表する」

あの一言だけでも凪沙さんを信じてくれる人がいると思うんです、と光莉は言ったらしい。

「二年間私は事件を調べ続けていた。確実な証拠じゃなくても、光莉さんと共に手がかりを摑みたかった。危ない橋だったけど、光莉さんは本気だった。私はその動画を彼に渡した」

柿原を見る。今度は柿原は多治見に名乗った。

「週刊エブリー記者の柿原です。俺はその動画を元に、記事を書きました。気合入れて書いたさ」

「これです」

アンナが多治見に見えるように週刊エブリーのページを開いた。

若手注目女優と人気配信職人が深夜の密会！　という見出しでバーの写真が掲載されている。

「だが発売直後に、二人の麻薬動画が流れた」

柿原が渋《しぶ》い表情で言う。

「記事は話題にもならなかった。そりゃそうだ。ただの密会と麻薬摂取じゃ、インパクトが違う」

「そう。麻薬の話が出てしまった以上エブリーの記事を読んだ読者も、何を話していたか、なんて気にしないでしょう」

風真は言った。報道はよりセンセーショナルな報道に上書きされてしまう。

「光莉さんに対する信頼もなくなり、会見も開けなくなる」

凪沙が重々しく言う。

「では、誰が麻薬吸引のフェイク動画を流したのか？」

風真は多治見の肩を叩いた。

「それもあなたですよ、多治見さん」

「は？　何言ってんの？　どうして自分の首絞める動画作るんだよ」

もはや多治見は風真にも敵意をむき出しにしていた。屈託のない笑顔を信じていたのに、と風真はわずかにショックだった。

「実はゆうべ、友人のＡＩ開発者が訪ねてきたんです。伝え忘れたことがあった、と」


前日夜。

「夜は寝るんだバカタレ」

「え、やさしさ⁉」

「無能な部下を持つと大変ですねぇ」

ぎょっとして振り返ると入り口のドアの横に細身の青年が立っていた。姫川だ。

「あっ、姫川さん！　こんばんは」

アンナが気さくに手を振る。アンナと姫川は少し前に起きた『デカルト女学院』の事件で知り合ったばかりだが、基本的にアンナは「一度遊んだら友達」という価値観らしい。まあ遊んではいないのだが。

対する姫川はそっけなくアンナに会釈をしただけで、風真に目を向けてくる。

「いいかげん僕の貴重なリソース無駄遣いするの、やめてもらえます？　電話してるのに全然出ないから、わざわざ汚い雑居ビルまで来てあげたんです」

容姿端麗な顔に似つかわしくない毒舌はフルスロットル。いつも通りだ。

「汚い雑居ビルで悪かったな」

栗田が言う。風真はスマホを見る。着信履歴が溜《た》まっていた。

「あっ、ごめん電話気づかなかった」

「携帯の意味がありません。まあ風真さんには黒電話がお似合いですよ」

「うるさいよ！　用件、なんだよ」

「やっぱり風真さんのこと好きなんだ～」

アンナが茶化《ちゃか》すように言う。

「好きじゃないです」

姫川はテーブルに置いてあった夕刊の束《たば》を示す。どれも多治見と光莉の薬物疑惑を取り上げているものだ。栗田が買い集めてきたのだった。

「この件で伝え忘れたことあったんで」

「動画はフェイクだったんでしょ？」

「まぁ、フェイクはフェイクなんですが、僕のＡＩでさらに解析したところ、気になることが」

姫川はノートパソコンで解析動画を表示し、キーを叩く。画面をのぞき込んだ風真、アンナ、栗田は一斉に「え？」と戸惑いの声を上げた。麻薬を吸引する多治見と光莉の動画から合成部分が削除される。だが光莉の顔は別の女性になるが、多治見の顔は多治見のままだったのだ。

「え？　これって……」

「社長、さっき怒られたばっかですけど、今ここで入っ、ても、いいですか？」

「俺は根にもたないタイプだ。お入りなさい」

「はい。……ハッ！」

ヨガポーズを取り、精神集中したアンナが、【空間没入】の世界へ入っていく。

時間にすれば十数秒。

その間にアンナの頭脳は事件にまつわる情報から情報へ旅をし、何が起きたか、シミュレーションをアンナに見せる。仮想現実を体験するようなもの、らしい。

「ただいま戻りました」

アンナが体勢を崩す。

「え？　何？　風真さん、今の理解不能な時間、何？」

怪訝《けげん》そうに観察していた姫川が戸惑う。

「姫川。その気持ち、忘れるなよ。それが、アタフタする、という人間の感情だ」

「どうだった、アンナ？」

「社長。今夜は寝る時間ありませんよ」

栗田はその言葉に眉《まゆ》を上げ、風真を見た。

「さっき徹夜覚悟って言ってた奴がいたな」

「えぇー？」


風真はゆうべ姫川に転送された解析映像をスマホに映し出す。

「光莉さんと麻薬は合成です。多治見さんも加工されてはいますが、レイヤーを全て外すとあなた本人の顔になるらしいんですよ」

映像の中で合成されていたのは光莉だけ。多治見は本物。

「つまり、あなたの自作自演ということですよ」

「だから、なんのために！」

多治見が嚙みついてくる。

「えーっと」

セリフが一瞬飛んで詰まる風真の前にアンナがすすっと出てくる。

「光莉さんとの密会報道が出ることを、多治見さんは聞きつけたんじゃないですか。マスコミの人脈で」

風真はアンナに指を鳴らす。

「そう！　だからよりショッキングな麻薬動画を拡散させて、真実をフェイクで塗り替えようとした」

「麻薬とか、俺の立場がヤバくなるでしょ」

「だからあなたは、すぐ薬物検査を受けて、身の潔白を証明した」

アンナが多治見の顔を覗き込んで言う。

「そもそもディープフェイクで人を陥れたいなら、もっと無実を証明しにくい映像を作った方が効率いいはず。検査をすればすぐバレちゃう薬物にしたのは妙。って、風真さんは気になってたんですよね」

「え、うん、その通り。気になって夜も眠れないところでしたよ」

鼻息荒く風真が言うと、アンナが目を細めてため息をつく。ちょっと、本気で引くんじゃない、と思う。多治見が風真から離れて左の壁の方に進む。内心ヒヤッとしたが、凪沙が腕を組んで多治見の前に立った。

「麻薬報道で炎上させてからフェイクと証明してみせる。そうすれば、光莉さんとの密会自体もフェイクなんだろうと皆が思い込む。あなたが光莉さんに口走った言葉もフェイクニュースの一部にされてしまう」

嘘を暴くという形の、嘘。

二年前に凪沙を潰《つぶ》したのと同じ手口だ。

「そして、光莉さんを殺害し口を封じる。凪沙さんにその罪を着せれば、一挙両得です。逮捕まではされなくても、再び嫌疑をかけられた凪沙さんの言葉をもう世間は信じないでしょう」

「言いがかりだ。だいたい俺は光莉ちゃんがそこの窓から突き落とされた時、あんたと医者と一緒に一階にいたんだ。アリバイがあるだろ」

多治見の余裕の表情は消えない。風真も同じような表情で受け答えする。

「手の込んだトリックです。しかし、ネメシスの名探偵・風真尚希の目を欺くことはできない。アンナ！」

「はい」

「光莉さんの役を頼む」

「了解です！」

アンナが頷いてエブリーを一度ジーンズのポケットにしまう。しまわれたエブリーを見ながら風真は言う。

「多治見さん、あなたは睡眠薬で眠らせた光莉さんを麻袋に入れて、縄で縛りました」

アンナが自ら麻袋を被って実演する。ただし実際に使われた麻袋とは違い、頭が出せるように切ってある。縄は縛られた設定で、アンナが手に握る。

「縛った縄の反対側はドラム缶にくくりつけ、目一杯水を入れる」

転がっているドラム缶の一つにアンナが縄を括《くく》り付《つ》けた。

「光莉さんの体半分が外に出るように窓際に置く」

窓枠にもたれかかる。実演だからと窓を開けると、まずい。

「今、私の体はドラム缶の重みで支えられてますね」

縄を引っ張りながら言った。

「そう。そしてあなたはドラム缶に小さな穴を開けて、ここを出た」

多治見が唇《くちびる》を噛んだ。

「穴の開いたドラム缶から水は少しずつこぼれ出ていく。その水をごまかすために、水道も全開にしたんですね。ドラム缶が軽くなると、光莉さんは自分の重みで窓の外に落ちる。……ドンッ！」

アンナが窓の向こうに倒れ込む演技をして、縄を引っ張る。

「ドラム缶は窓枠に引っかかり、縄がほどける」

縄につながれたドラム缶が転がる。窓際でするりと縄が外れた。

「あなたは私をアリバイ工作に利用するため、今朝ネメシスへやって来たんですよね？　光莉さん落下の時間を逆算し、彼女の携帯から動画をメールした。さりげなく工場名がわかるヒントを入れて。一階であなたが見つけた光莉さんのスマホは、カメラに映らないように投げ捨てたんでしょう？　作戦は見事成功。私たちと駆けこんで来た時、光莉ちゃんはこの部屋から落ちた」

「そんな都合よくいくわけないだろ」

その点に関しては大いに頷いておく。

「もちろん。タイミングよく目の前で死ねばラッキー、くらいに思ってたんじゃないですか？　最低限、私と一緒にいる時に光莉さんが亡くなるだけで、あなたはアリバイを作れます」

「とんだ言いがかりだ。証拠もない。光莉ちゃんが亡くなった以上、全部あんたの妄想でしかない！」

口調は荒かったが、多治見は余裕を崩していなかった。今までのところ確かに、風真の、本当のところアンナの推理は想像でしかない。

風真はゆっくり窓の方に近づく。雨脚は強いままだ。

「では、証人に登場してもらいましょうか」

「証人？」

ドアが開く音がして、何者かが入ってくる。

刹那《せつな》、雷が光り、轟音《ごうおん》が轟く。風真は思わず口元を押さえる。

照らし出されたのは、久遠光莉だった。


呆気にとられて多治見が口を半開きにする。まさに幽霊を見るようだった。

「多治見さん。全然嬉しそうじゃないですね、私、生きてるのに」

煽《あお》るように光莉が言った。

「光莉……なんで……」

多治見がどうにか声を絞り出す。

「本当のことを伝えるまで死ねないから」

女優は不敵に微笑《ほほえ》み言った。

アンナが部屋の隅に置かれていた工事用照明を点灯させた。暗かった部屋にパッと光が差す。まさに闇と光の演出だ。

「ここから真の解決編ですね、風真さん？」

アンナが風真の前に戻ってくる。再び週刊エブリーを出し、さりげなくページをめくる。

「ああ。衝撃の真実だ。でも、私たちの真実は一つ。ということで、いいですね、凪沙さん？」

凪沙が、深く頷いた。

風真は多治見に言う。

「私が最初に抱いた違和感は、光莉さんからのメールです。『私たちを嵌めた奴はわかってるので、話をつけてきます。』」

そうそう、最初から怪しかったよ、という顔をアンナがして、

「どこが変だと？」

額の汗を拭《ぬぐ》って多治見が言う。

「非常に回りくどい。なぜ、凪沙さんの名前を書かず、こんな書き方をしたのでしょうか。アンナ、わかるかな？」

得意げな顔がちょっと腹立たしかったので話を振ってみる。アンナは「えっ」という顔をしてから答える。

「えーっと、凪沙さんに罪を着せたいけど、すぐに捕まっちゃうと困る。なので、回りく

どくメールを偽装した！」

「その通りだアンナ。成長したね」

アンナを見て、生徒の成長に微笑む教師のように言ってやる。

「……ありがとうございます」

アンナが笑顔で言った。私が伝えた推理なのによくそういう顔ができますね、とでも言いたいだろうが、こっちも気分よくなりたいのだ。

視線を戻す。多治見が一瞬、手首を撫でるような動きをしていたが、気にしなかった。

「私は直感した。あなたは、凪沙さんに罪を着せるための偽装工作をするつもりだと。そのためには、凪沙さんと関連のある場所に、光莉さんを監禁している可能性が高い。私たちは限られたヒントから推理して、光莉ちゃんの居場所を捜しました」

空間没入で真相に気づいたアンナの助言から、忙しい一晩が始まったのだ。


前日夜。探偵事務所で風真は声を裏返した。

「犯人が多治見さん？　嘘だろ」

アンナが「しっ」と人差し指を立てる。部屋を移動したが、所内に姫川がまだいるのだ。推理しているのがアンナだとバレたら困る。

「間違いないと思います」

「えー。わかんないわかんない。自分でフェイク動画作ったってこと？　なんで？」

「説明するの面倒くさいなぁ」

「心の声漏れてるぞ！」

アンナの推理を聞いている途中だった。事務所を凪沙が訪ねてきたのは。

「なんでここへ？」

驚く風真にアンナが「私が呼びました」と平然と答える。

凪沙は言った。

「撮影所でアンナさんと話したんです。多治見が私に罪を着せようとしてるのは、間違いありません。私のことを信じてもらえるなら、力を貸してください」

「力を、貸す？」

「光莉さんは真実のために私に協力してくれたんです。絶対に助け出さなくちゃいけません」

風真と凪沙はつかの間、視線を交えた。

「……わかりました。協力しましょう」

栗田も交え、四人で資料を漁った。行方不明になる直前光莉の目撃証言も参考に、凪沙にかかわる場所で、人ひとりを監禁できるような場所を探す。

作業は難航した。DR.ハオツーで出前を取った。アンナが頼んだザリガニパクチーバーガーを、凪沙がうまそうに頬張るので風真は目を丸くした。

「あれ!? ザリガニパクチーバーガー。凪沙さんも好きですか?」

「え? ええ。美味《おい》しいけど……」

「やった! やっぱり仲間だ! 風真さん、社長! だれだっけ、人類に需要がないとか言ったのは」

おそらく同じ戸惑いを抱き、風真と栗田は顔を見合わせた。

「あ~、変な食べ物の匂《にお》いで、集中力を削《そ》がないでくださいよ」

隣の部屋からノートパソコンを持って姫川がやってきた。

「ただでさえこの雑居ビル、空気悪いんですから」

「悪かったな、空気悪い雑居ビルで」

「別に、いてくれって頼んでないぞ」

栗田と風真が口々に言い返すと、姫川はため息をついた。

「いいんですか、そんなこと言って。監禁場所、割り出しましたよ」

「えぇーっ?」

四人の声が重なる。

「凪沙さんがこれまで取材で関わり、多治見が知っている場所。移動距離、目撃されにくさ。パラメーター入力すれば、一瞬です」

ディスプレイに、『京浜ネジ製作所』のデータが表示されていた。

「お二人、何か言うことは?」

「空気清浄機を設置しよう」

「姫ちゃん、いてくれてどうもありがとう」

栗田と風真は揃って姫川を拝んだ。


それから風真とアンナ、栗田、凪沙は急ぎ京浜ネジ製作所跡地に向かった。一階、二階、三階と捜索して、作業室にたどり着いた。

「おいおい水浸しだぞ」

入室すると、窓に立てかけられた大きな麻袋から、頭部が覗いている。

「まさか、光莉さん⁉」

四人で駆け寄り、光莉を助け出した。

廊下に出て縄を解き、声をかけ続ける。と光莉は意識を取り戻した。風真はほっと息を吐く。

「あぁ……凪沙、さん」

「ごめんね。こんなことに……」

凪沙が光莉を抱き寄せる。

「謝らないでください。私が、罪を償うためだから」

光莉は気丈に笑った。

「犯人は、多治見？」

「だと思うんですけど……覆面してたし、いきなり車に押し込まれたから」

風真と栗田は作業室に戻った。アンナがじっとドラム缶の穴から流れる水を見て、時計をチェックしていた。

「何かわかったか？」

アンナが顔を上げ、ドラム缶のトリックを解説した。

「明日の朝七時頃。多治見さんが事務所に来ると思います。この場所に誘導するんじゃないかな」

「よし。捕まえよう」

光莉は無事保護した。あとは犯人を捕まえるだけだ、と風真は意気込む。が、栗田が冷静な声音で言う。

「いや。あいつは切れ者だ。万が一のこと考えて、光莉ちゃんにも顔を見せてない」

「このまま捕まえても証拠が無いですね」

入室してきた凪沙が言った。栗田がトレードマークのハットに手をやり、凪沙を窺う。

「なぁ。光莉ちゃんが犯人の顔を見たってことにして、あんたが記事を書くのはどうだ。犯罪疑惑を書き立てりゃ警察も動く」

「確かに。多治見が黒なのは間違いない。県警のタカさんたちに協力してもらうこともできますね」

風真は同調したが、凪沙は「ダメです」とはっきり否定した。

「証拠がないのにそれをしたら多治見と同じです。一度でも事実を曲げれば、正しいことを伝えても信じてもらえなくなります」

言い切る姿は毅然《きぜん》としていて、栗田と風真も頷くしかなかった。

「うーん。どうしたらいいかな」

頼みのアンナも考え込む。

凪沙も俯く。が、すぐに顔を上げた。目に決意の輝きを宿しているように、風真には見えた。

「提案があります」

「え？」

凪沙はドラム缶を見やってから淡々と言った。

「光莉さんを殺しましょう」


多治見に、計画通り光莉を殺せたと思い込ませてボロを出させる。凪沙の発案に、いの一番にアンナが賛同した。

「ドッキリってやってみたかったんです」

「ドッキリじゃないバカタレ」

栗田はつっこみつつ、

「だけどいい手かもしれん」

と、唸《うな》る。

「確実な罠《わな》にしたいですね。プランA、Bみたいに」

アンナが腕組みする。光莉も交えて、作戦会議を展開した。やがてプランが固まる。

「賭《か》けですね」

多治見を捕まえるため、真実を明らかにするために、風真も腹をくくる。

「じゃ、プランAで。光莉さんが落下したように見せかけましょう。下に土嚢がありましたよね」

ひらめき顔でアンナが言う。

「おっ。そうだ風真、おまえ昔、工事現場で仕事してたんじゃなかったか」

「してました」

「風真さんの『昔やってたシリーズ』がこんなに頼もしいなんて」

「あー……もしかして」

もしかしなくとも土嚢運びをさせられた。

ついこのあいだ、似たようなトリックを使った殺人犯を暴いたばかりなのに、今度は自分が仕掛けることになるとは。

最後の方はヒーヒー言いながら土嚢を三階の窓に運ぶ。栗田が窓際で袋を縄でまとめて縛り上げている。

完成途中の土嚢麻袋の塊《かたまり》は、人型とかろうじて……呼べない。

「それが久遠光莉?」

見えますかね、という不安で苦笑いになる。

「重い物が落ちる音がすれば大丈夫だろ」

栗田が自信満々に言った。じゃあこんな数を運ばなくてもいいんでは？　という根本的な不満はある。

「あと一つ！　急げ、朝日が上るぞ」

「はーい」

不満は飲みこむ。東の空が染まり始めている。果たして希望の朝なのか。

「ひい、きっつ～」

エレベーターはない。ぎっくり腰にならないよう注意しつつ体に鞭打《むちう》つ。

腕を回しながら風真は一階に引き返す。途中でアンナから電話が入った。

「もしもし。準備はどうですか？」

「着々と俺が泥にまみれてる」

「オッケーです。こっちはスタジオで、浅川さんと満田さんの協力ゲットです」

「おお。よかった」

作戦には光莉のマネージャー満田と浅川プロデューサーの力が必要だった。

「じゃ、また連絡します。頑張ってくださいね」

「へいへい」

返事をして階段を駆け下りた。

土嚢の仕掛けが終わって風真は事務所に戻った。黄以子に電話で出動要請をしたのもその時だ。夜のうちに手伝ってもらうかもしれないという話をしていた。光莉の死を信じ込ませるには「医者」が必要だった。ついでに言えば、多治見に酔い止めと称して飲ませた睡眠薬を用意してくれたのも、黄以子だ。

「――というわけなんで、現場では多治見を光莉さんに近づけないようにお願いします」

「作戦が失敗したら私のせいってことね……」

「あ、いやいや、もう、気楽に！　気楽過ぎたら困るんだけど……。とにかくもう向かってください」

「はい、じゃあ向かいます」

「安全運転で」

電話を切って、大あくびをする。

朝日が上り切った六時五十五分。

「もう無理。ちょっとだけ寝――」

独り言を遮り、けたたましい音が鳴る。

「うへっ」

かけていたアラームだ。まもなく多治見が来るという時刻。遅刻してくれ、という願いもむなしく知能犯配信職人は七時に事務所のチャイムを鳴らしてきた。

慌ててテーブルに脚をぶつけ、うっかり資料をぶちまけつつ、多治見を出迎えたのだった。服の汚れを指摘された時は焦ったがなんとかごまかせた。

*

黄以子の車で風真と多治見が向かう頃、京浜ネジ製作所ではアンナが「あとごふん。実況みてて」という風真のメールを受信していた。

「もうすぐ多治見が来ます」

アンナは凪沙と光莉に伝達しに行く。三階作業室の窓下で、凪沙による光莉の「死体メイク」が終わるところだった。

「すごい。凪沙さん、上手!」

「ドラマのメイクさんに教わったことがあるの。このくらいで大丈夫でしょ。あとは女優魂で」

メイクブラシを指で回して凪沙が言った。

「死体ってやっぱり息止めた方がいいんですよね？」

光莉に問われ、凪沙とアンナは真顔で目を見合わす。

「私、女優じゃないからわからない」

「私もです」

「ですよねぇ」

光莉が笑ったところで、満田が駆けてくる。

「来た来た！　すごいスピードのスポーツカー。生配信もされてます」

満田はスマホでたじみんチャンネルを追ってもいた。

「スマホで中継されてる景色に自分たちがいるって、なんか変な気分」

「私も中継されてきます」

光莉が立ち上がる。

「よし。主演女優賞を狙おう」

大真面目《おおまじめ》に満田が言い、麻袋を広げた。光莉は満田とハイタッチしてから袋を被る。

アンナと凪沙は三階に移動し、作業室に入る。栗田が待機していた。

栗田もスマホで多治見の生配信をチェックしている。

「今、一階に突入」

画面の中と階下から光莉の名前を呼ぶ風真と多治見の声が聞こえてくる。

「揃いも揃って名演技だな」

「社長、そろそろです」

「ほいよ」

画面の中で多治見が光莉のスマホを発見する演技をした。

栗田は縛り上げた土嚢を抱え上げた。

「腰、やらないでくださいね」

「光莉ちゃんの晴れ舞台で醜態はさらさねぇ、よっ！」

気合の掛け声で土嚢を窓から投げ捨てる。

アスファルトに激突する音が響く。

アンナと凪沙は窓から下を覗いた。栗田のスマホからは『今のは……何か落ちた？』『行きましょう！　外です』と、演技合戦の声がする。風真を騙してアリバイを作ろうとする多治見と、多治見に騙されたふりをして油断を誘おうとする風真と。

眼下では満田が光莉の入った麻袋を抱えて、窓下に寝かせる。栗田が落としたダミーの土嚢はすばやく脇に寄せる。のだが、縄がほどけてしまっていて、集めるのに苦労している。

「急いで満田さーん」

小声で祈る。

歯を食いしばり、満田がどうにか土嚢を端に寄せ終える。ブルーシートをかぶせ、物陰《ものかげ》にはける。

「ぎりぎり。痺《しび》れる〜」

アンナは窓から頭を引っ込めて言った。凪沙と栗田も胸をなでおろす。

それから三人は作業室を出て別の部屋に隠れた。柿原が屈伸している。

「俺の出番?」

「お手柔らかに頼みます」

「へへっ」

栗田は、スマホを片手に腰をさすった。

今は現場の実況中継を見届けるほかなかった。アンナと凪沙も成り行きを見届ける。

＊

風真は麻袋を少し開ける。と、死んだふり光莉の顔が覗く。蒼白《そうはく》な顔で、頭には大げさでない程度の血のり。一瞬本当に死んでいるように錯覚するほどだった。

「光莉ちゃん！」

「動かさないで！　離れてください」

黄以子が段取り通りに呼吸と脈を確認する。その数秒の間に、土嚢を隠したブルーシートがはためいて風真はびくびくした。他の皆も同じだっただろう。よくよく考えればそこにあっても不自然ではないのだが。

「死んでます」

「そんな……そんな！」

悲痛な声を上げる多治見を一瞥《いちべつ》して、風真は三階を見上げた。

アンナのサムズアップが覗いて、消えた。三、二、一と自分の中でカウントを取って声を張る。

「あそこか。突き落とされたのか！」

絶対捕まえてやる、と意気込む多治見が駆けていくと、最初に黄以子が脱力して屈《かが》みこんだ。

「はぁ……疲れた」

続いて麻袋から光莉が顔を出す。

「どうでした？　ちゃんと死んでました？　私」

「ばっちり」

風真は親指を立てる。

満田が駆け寄って興奮気味に言う。

「お疲れ様！　次の仕事につながるぞきっと」

「ゾンビ役とか？」

死体メイクのまぶしい笑顔で光莉が言った。

「さぁて、作戦も佳境だ」

風真は上を見上げた。

＊

そして現在。

「――そして、この部屋に駆け込んだあなたは、トリックで使ったドラム缶を窓から遠ざけるように蹴《け》ったというわけです」

多治見はこれ以上ないほど表情を引きつらせていた。生配信というアリバイ工作中、裏で行われていた作戦にまんまと引っかかったのだ。無理もない。

さあ、これで自白と行こうじゃないか。

窓に吹き付ける雨音はピークを迎える。

風真は唇を舐めた。

ふう、と多治見が息を吐いた。俯いていた顔を上げる。余裕の笑みが戻っていて、風真は思わずたじろぐ。

多治見の視線がすばやく数ヵ所を巡った。自分を挟む風真と凪沙を押しのけるように間を通り抜ける。

「ドラム缶は邪魔だったから蹴っただけだよ。そんなのが証拠になる？」

「意地でも、認めないってこと？」

「認めるも何も、ただの言いがかりの域を出ないわけだし」

「私が生きてる以上、多治見さんの負け確定でしょ」

光莉が多治見に近づき、挑発的に言った。

多治見は光莉を鼻で笑って屈む。穴の開いたドラム缶の前に。

風真は、多治見の腕の探知機が振動していることに気づいた。

「あっ！」

ドラム缶に多治見が手を突っ込み、隠していたカメラを引き抜いた。

「はい発見」

瞬《また》く間に多治見はカメラのメモリーカードを抜き、噛《か》み砕《くだ》いた。飛びかかろうとした風真の足が止まる。

多治見はメモリーカードの残骸《ざんがい》を吐き捨てるとカメラを投げつけ、落ちていた古いナイフを床から拾い上げた。

そして一番近くにいた、光莉の首に突きつける。

雷鳴が不吉に轟く。

「多治見！」

「自白を押さえるまでがお前らの計画だよな？　詰めが甘いよ、風真さん。俺が探知機を持ってること、知ってたでしょ？　ドラム缶にカメラ。で、こっちは盗聴」

多治見は腕の探知機を指さした。光莉を人質にしたまま今度は最初に縛られていた椅子をひっくり返す。座面の下に貼りつけられていた盗聴器を引っぺがして踏《ふ》み潰《つぶ》す。

多治見以外の一同がうろたえて言葉を失う。

「こんなことして……あなたが犯人っていう証拠です」

悔《くや》しそうにアンナが叫んだ。

「私にナイフ、突きつけてるのも証拠」

光莉が低い声で言うと、楽しそうに多治見は頷いた。

「そうだよ。俺がやった。で、どうする？　この部屋にこれ以上、カメラも盗聴器も仕掛けられてないのは確認済みだ。証拠は何もない」

「いえ、光莉さんを縛ったロープや麻袋の入手経路を調べれば、あなたにたどり着くはずです」

努めて冷静に風真は言う。多治見は笑った。

「残念。ロープも麻袋もここの一階にもとからあったのを使ってんだよ。バーカ」

「私たちが今、見てる」

凪沙が鋭い声で言う。

「は？」

「私たちの目が、証拠よ」

「そうだ。真実は私たち全員が見ている」

風真も声を上げた。ナイフを光莉に突きつけたまま、多治見がさらに大笑いする。

「本気で言ってんの？　真実ってのはさ、だれが口にしたかで決まるんだよ。大勢が支持する人間が黒を白だと言えばそれが真実になるんだ」

多治見は順々に皆の顔を見回して言う。

「あんたらのことなんてだれが信じる？　虚偽報道で干されたジャーナリスト、麻薬報道でケチついた女優、三流記者、ポッと出の探偵と助手。そんな奴らよりも、俺の方が信用されてる」

「それでも、私たちの声を聞いてくれる人はいる」

毅然として言ったアンナを多治見は憐《あわ》れむように見返した。

「だろうね。そしたらたじみんファンは善意で俺を守ってくれる。あぁファンだけじゃない。大衆から正義中毒の悪者に見られるのはあんたらの方だ。真面目に怒ってる奴らを冷笑するのは世間の得意技」

ナイフを左右に動かし、多治見は舌を出す。

「そのうち皆、どっちが正しいかわかんない議論に飽きて終了。俺は生き延びる」

「そこまで計算してるっていうんですか」

本気で風真は歯ぎしりした。

「計算っていうか常識だよ。ねぇ、風真さん。わかったなら今日のことは全部忘れて、俺を家に帰してくれませんかね～？　今夜は動画の編集する予定あるんで。さぁ。道を開けて。自分たちの負けを認めてさ」

負けを認める？　ふざけるな。

風真は拳《こぶし》を握りしめる。が、手持ちのカードは使い切って、どう言い返していいかわからない。

「くそっ」

苦《くる》し紛《まぎ》れに風真は膝《ひざ》をつく。

「あれ。名探偵が悔《くや》し泣《な》き？」

多治見が笑って首を伸ばす。その瞬間、光莉がナイフを摑んだ。

「こんな奴に騙されたなんて！」

もぎ取ろうとするが多治見が逆に光莉の手を押さえつける。

「離せよ！」

と、光莉が前のめりに倒れた。吸いこまれるように、ナイフが光莉の首に突き刺さる。

多治見は飛びのき、光莉は呻《うめ》きながら蹲《うずくま》った。

「おいおい！　バカじゃねぇの。俺は刺すつもりなかったのにこいつ……え」

喚いた多治見が再び凍《こお》り付《つ》く。

光莉がけろっとした顔で多治見を見上げていたからだ。血は一滴も出ていない。

「まだ気づかないの？」

光莉はナイフを手に突き刺す。刃がぐにゃりと曲がる。小道具なのだから当たり前だった。

「そろそろいいんじゃないですか？」

「そうだな」

アンナに言われて風真は立ち上がった。勢いよく跪《ひざまず》いたので、膝がちょっと痛い。最後のセリフもあらかじめ決めている。ゴホンと咳払いし、両手を掲げる。厳《おごそ》かな声を出す。

「光よ、我等を照らしたまえ」

途端に雨が止《や》む。

窓から光が差し込んでくる。

作業室を囲う壁の一面がゆっくりと滑《すべ》っていく。

眩《まばゆ》い照明と人々のざわめき。

多治見から見て左側、取り払われた壁の向こうに広がったのは、撮影所のスタジオだった。

「……は？」

スタジオには数十人の観衆がいた。栗田、浅川、満田、最近ではネメシスの協力者といってても過言ではないタカこと千曲鷹弘《ちくまたかひろ》、ユージこと四万十勇次《しまんとゆうじ》、小山川薫《こやまかわかおる》の神奈川県警トリオ、そして光莉の帰りを待っていたスタッフたち。

作りこまれた「京浜ネジ製作所の作業室セット」の周りにも、脚立に乗って雨を降らす者、送風機を操作していた者、照明をコントロールしていた者……多くのスタッフたちがいた。

これがプランBである。

廃工場での作戦会議は、死んだはずの光莉の登場でも多治見が観念しなかった場合どうするかが肝だった。多治見は用心深いし、仮に自白を引き出せたとしても問題がある。

「録音録画が使えないからなぁ」

アンナが唸る。自分たちが「自白を聞きました」と主張するだけでは証人として、弱い。

「どうにかしてあの装置を奪うか」

風真は手首を指しながら言ってみる。

「いっそう口が固くなっちゃうよ」

「面倒くせぇ。アナログで行け、アナログで」

ハットを指で回しながら栗田が口を挟んだ。

「アナログとは？」

「タカとユージ辺りを隠れさせておいて、そいつらの前で自白させりゃいいんだ」

そうすれば有効な証人は確保できる、が。風真は周囲を見回した。

「ドラム缶とかはありますけど、人が隠れるのは難しくないですか？」

「思いついたっ！」

アンナが目を輝かせた。凪沙と光莉を交互に見る。

「撮影スタジオ、借りられないですかね？」

スタジオに工場の作業室を再現し、他にだれもいないと多治見に思い込ませる。わざと隠しカメラも見つけさせる。スタッフの人たちにも証人になってもらう——。大胆というか、ハチャメチャなアイディアだが、反対意見は出なかった。

「多治見をどうやってスタジオに運ぶんですか？」

光莉の質問に栗田が答えた。

「眠らせるか。適任がいるぞ。睡眠薬と運搬」

「黄以子さんか」

風真は合点する。

こうして世にも大がかりな作戦、プランBは固まったのだった。

多治見は愕然《がくぜん》として後ずさる。凪沙が言う。

「ここは撮影スタジオ。あなたが馬鹿《ばか》にしてたテレビの力を借りたの。浅川さん、無理を言ってすみません」

浅川が「いいよいいよ」と手を振る。

「すごいですよね。夜の嵐《あらし》を作り上げてしまう特殊効果と、照明、音響」

「でも雷のタイミング、狙いすぎてて途中笑いそうになりました」

風真は言った。光莉が登場したところだったか。

多治見は張りぼての壁に背中で寄りかかり、へなへなと座り込む。凪沙が見下ろして言った。

「真実はここにいる全員に、一人一つ。あなたには消せない」

セットの上に警察手帳を掲げたタカとユージが進んでいく。

「壁の隙間《すきま》から見てても十分面白いドラマだったな、タカ」

「ああ、エピローグは署でゆっくりとだな、ユージ。とりあえず拉致監禁容疑で逮捕」

「待って……俺はやってない。これは……」

「ロ、ロ、ロープと麻袋の入手経路は犯人しか知りえません」

力ない抵抗は薫の一言であえなく終わった。

多治見はびくっと体を震わせて項垂れる。

タカがコートをなびかせ風真たちに近づいてきた。ジトッとした目だった。

「ところでおまえら、どうやって奴をここまで連れてきたんだ？」

「え？　ああ、『こっちですよー』って」

交通誘導のジェスチャーで答えるが、当然タカは納得していない。睡眠薬で拉致しました、などとはさすがに言えない。タカに続いてやってきたユージが腰に手を当てて言う。

「まあ、一応殺人事件を防いだってことで、貸し一つにしとくか。タカ」

「あんまり危ない橋渡るんじゃねえぞ」

タカが念を押すと、「渡りません」という風真、アンナ、栗田の声がハモッた。

多治見が連行されると、演技を終えた光莉がスタッフたちに向かう。

「皆さん、最高の仕事をありがとうございました！　短時間でこんなセットを」

凪沙も光莉に近寄り、深々と頭を下げる。浅川もスタッフたちも、無茶な願いを二つ返事で引き受けてくれた。「面白そうじゃないか」と。

「いい仕事ができたよ」

スタッフのだれかが言い、そこから拍手が巻き起こった。万感の拍手だった。

風真とアンナもほっと一息をつく。アンナが持っていた週刊エブリーを渡してくる。

「助けられたよ」

エブリーの裏表紙やページにアンナの推理を手書きしたメモが貼り付けてある。カンニングペーパーだ。多治見の探知機でいつもの骨伝導イヤホン作戦ができないため、アンナが考えたアイディアだった。

「でも、ほぼカンペ見ないでいけたよ。俺ももう、名実ともに名探偵じゃ？」

「バカタレ」

後ろから栗田に怒鳴られる。

「だったら最初から一人で解いてみろ！　終盤の三文芝居は観てられなかったぞ」

「三文芝居！　ひどっ。ひどいよな？　アンナ」

「三文っていくら？」

「知らない！」

「百円ぐらいだな」

「じゃあ俺に百円くださいよ、社長」

「どうしてそうなる！」

「それよりお腹すきました。お昼ご飯食べません？」

「っていうか寝る。俺は今すぐ寝たい……」

「その前に光莉ちゃんのサインをもらってこい。社長命令だ」

「自分で行ってくださいよ！」

言い合う三人の背後で、スタッフたちによって速やかに作業室のセットがばらされていく。それを見た風真は苦笑いする。

「にしても、雨とか雷とかやりすぎなぐらいだったなあ、皆。派手というか」

「テレビっておもしろーい」

アンナが軽やかに言って、スタジオの空気を取りこむように、深呼吸をした。

外は晴れていた。抜けるような青い空だ。

ふいに「待ってください」と声がした。風真たちが振り返ると、凪沙がいた。妙なざわつきを胸に感じた。

「凪沙さん、お疲れ様でした」

アンナが明るく言う。

「皆さんこそ。本当にありがとうございました」

頭を下げてから、凪沙が風真を見つめてくる。

「一つ訊《き》きたいことがあるんです。風真さんに」

言われなくともだいたいわかる。

認めなくてはならない。昨日会った瞬間から、その質問をされることを恐れていた、と。

どうして探偵になったんですか？

十九年前に埼玉《さいたま》で起きた、神田水帆の事故死と関係あるんですか？

きっとそういう質問に違いない。

つづら折りの事故現場に残っていた足跡。ハイヒールの跡だった。あれは凪沙のものだろう。定期的に花を手向けているに違いない。

姉の水帆の死んだ場所に。

風真は凪沙の顔を間近で見返す。ざわめきが大きくなる。本当に、水帆によく似ている。かつて風真は神田水帆と、研究所の同僚だった。まだ高校生だった凪沙と最後に顔を合わせたのは水帆の葬儀の場だったか。

「風真さんは——」

凪沙が口を開きかける。

「あーちょっとタンマ」

割り込んだのは栗田だった。

「今日はもう、うちのエースは疲れてるんで、記者の質問に立ち向かうのはしんどい。お話は後日。いいですよね？」

軽いトーンだが有無を言わせなかった。

確かに凪沙に質問されても答えるわけにはいかない。今、アンナのいる前では。

凪沙はつかの間、目を細めたが、「わかりました」と頷く。

「また連絡します」

踵を返しかけた凪沙は、アンナに視線を止めた。

「――アンナちゃん」

「はい？」

「また、食べましょう。ザリガニパクチーバーガー」

「ぜひっ！　トリプルパテで！」

柔らかい笑みを凪沙が浮かべた。初めて見る表情だった。

凪沙が去っていく。

「さっ、帰りましょっか」

アンナが駐車場に小走りで向かう。栗田がハットを目深に被る。

「社長」

「ああ。動き出したな」

「ええ」

風真と栗田が追いかけている、アンナの父とアンナにまつわる、秘密——。

「調べ立てほやほやの情報だ。多治見がなんで神田凪沙の報道を潰したかわかった」

「え？」

「恵美佳さんの変死事件が深追いされたら困る人間が、多治見に多額の金を振り込んだ形跡がある」

人体実験疑惑。

嫌な予感はしていた。

「菅研絡みですか」

「おそらく——」

保身のためとはいえ、多治見が殺人まで計画したのは、彼の背後に菅研がいたからか。

「二人とも何コソコソ話してるの～！」

ハッとなる。アンナが振り返って呼んでいた。

「昼飯の相談だ」

栗田が朗《ほが》らかに言ってごまかす。

「えっ！　ハオツーにしましょ。朋美ちゃんも呼んで」

真実は一人に一つ。

風真も手に入れたい真実がある。二十年前から続く忌《い》まわしい謎の、答えを。

だが同時に守るべきものもある。天才で、好奇心旺盛《おうせい》で、偏食で、大切な助手を。

風真は頭の中でスイッチを切り替えて笑う。そしてアンナに叫び返す。

「ハオツーは却下！」

柔らかい日差しに包まれたアンナが「え～」と頬を膨《ふく》らませた。

第二話

正義の餞《はなむけ》

二年前のニュースアイズの報道に端を発した久遠光莉失踪事件は、探偵事務所ネメシスの活躍のもと収束した。

ネメシスの探偵たちと別れた神田凪沙は、未《いま》だに喧騒《けんそう》が冷めやらぬスタジオの裏手にいた。姉の同僚だった風真が、「探偵」になっている。さっきの様子からしても、姉の死の理由と無関係だとは考えられなかった。

彼らが追っているものを、自分も知らなくてはならない。姉の水帆がこの世を去ってから十九年。なぜ姉が死ななければならなかったのか、その答えが近づいている。ジャーナリストの直感がそう告げている。

「おい、あんたちょっと待て」

声にハッとして振り返る。ダークスーツにオールバックの男がいた。多治見を連行した神奈川県警の刑事の一人だ。ネメシスの顔見知りらしいが、風真に「タカさん」と呼ばれているところしか聞いていない。同じく「ユージさん」と呼ばれていた相棒ともども、妙にすかした印象の男だ。

「神田凪沙。ちょっと話が」

事情聴取だろうと構えた予想は裏切られる。

「あんた、県警捜査二課にいた遊佐《ゆさ》刑事を知ってるか？」

しばらく耳にしなかった名前、だが忘れることもない名前だった。

「はい。友人でした」

「おう、やっぱりそうだよな！　あの人からあんたが同級生だって、聞いてた記憶があったんだよ。いや、刑事の記憶力に驚かなくていいぜ」

タカ刑事が指を鳴らし、鳴らした指を向けてくる。どや顔で。別に驚いていないし、人を指ささないでほしい。

「俺が新人の頃に一課と二課共同で事件を捜査した時があってな、その、借りがあった」

「借り？」

タカは周囲をそれとなく窺い、潜めた声で言う。

「証拠発見の手柄《てがら》を譲ってもらったんだよ、まあ一回だけな、一回だけ」

一回だけ、をやたらと強調してくる。

「でも借りを返せないまま、あんなことになっちまっただろ」

お気楽そうだった刑事の声のトーンが落ちる。

「だから友人だった、あんたに協力できてよかったって伝えときたくてな」

「そう、ですか。私と遊佐はとくに深い間柄《あいだがら》でもないのですが」

「いいんだ、俺のハートの問題だ」

そう言って左胸を叩く。ハートの問題。ちょっと何を言っているのかわからない。

すると通路にもう一人の刑事、ユージが走ってきた。

「おいタカ！　何してんだ。車待たせてんだから早く行くぞ」

ユージが大ぶりな手招きをする。

「なんだ先に帰っててていいのに」

「はぁ？　おまえを置いて一人で帰るなんて寂《さび》しいだろ」

「ユージ……！」

「タカ！」

二人は見つめあってから示し合わせたようにサングラスをかける。凪沙の存在を忘れたかのように二人並んで立ち去っていった。大丈夫なのかこの刑事たちは、という気持ちで見送る。

それから凪沙は微苦笑した。脳裏に遊佐京介《きょうすけ》の顔が鮮明に浮かんでいる。真実に近づいていたはずの報道が覆され、すべての責任を負わされ、顔も見えない大衆からのバッシングにあった二年前。

さすがに心が折れそうになった。そんな凪沙に連絡をしてきたのは、中学時代から付き合いの続いていた、遊佐京介という、皮肉屋で癪《しゃく》に障る、正義感に溢れる男だった。

遊佐にも今日のことを報告しに行こうと凪沙は思った。久しぶりの墓参りに。

*

——二年前。

貧乏くじを引かされたな、という遊佐京介の言葉に、凪沙は首を縦にも横にも振らなかった。かわりに、運ばれてきたカエルのフリットにバルサミコ酢とニンニクを塗り付けて、頬張る。口の中で爆発する塩辛い旨味《うまみ》を、パクチーハイボールに包んで流し込む。一息ついて言う。

「事件は終わってない」

「神田凪沙は終わりか？」

外は雨か？　とでも訊ねる調子で遊佐は言い、平凡な焼き鳥を食べた。色白で瘦《や》せた塩顔にハーフリムの眼鏡。知的な印象を与える男だが、凪沙に対してはチクチク刺すような言葉を平然と言う。

恵美佳の変死にまつわる報道が「虚偽」とされ、ニュースアイズを干されてから二ヵ月が経過していた。

「終わるつもりはないけど」

「だろうな。おまえは嵌められただけ」

けろっとした顔で遊佐が言う。そのタイミングで、イナゴ入りつくねが運ばれてきた。一息つき、言い訳をハイボールで溺《おぼ》れさせる。

「全て私の失敗。取材が足りなかったのに先走ったせい。でも何かがおかしいことは間違いない」

「この店のメニューとおまえの味覚もな」

「カエルもイナゴも美味しいでしょう」

二人は横浜市内の、多国籍料理を売りにする居酒屋のカウンター席にいた。凪沙行きつけの店だったが、訪れるのは半年ぶりだ。

遊佐から突然メールで、久しぶりに飲まないか？　と誘われた。なんで？　と返すと、同級生の傷心に塩を塗りたいから、という答えだった。相変わらず腹の立つ男だ。同時にほっとしたのが、癪だった。

外出自体が久しぶりだった。多治見の告発を境に、何もかもが変わった。

「番組降ろされても例の事件を追い続けるのか？」

「もちろん」

凪沙はぶっきらぼうに返す。

「ドMだね」

本当はずっと、家にこもっている。朝が来て昼が過ぎて夜を迎えて、浅い眠りにつく。その繰り返しだ。テレビは似たり寄ったりの番組ばかりで、無味乾燥。ネットを開けば、溢れる自分への誹謗《ひぼう》中傷に心どころか体まで抉《えぐ》られる。

ならば見なければいい？　目を背けて事態が変わるはずがない。だから抗《あらが》うつもりで見続ける。だが、そうすることでただただ気力が失われていく。不毛なサイクルを抜け出せない。

「ドM呼ばわりされることじゃない」

「自分の人生を他人への正義感で棒に振る奴がドMじゃなくてなんだ。正義感なんて疎まれるだけだ」

そう言った遊佐を、凪沙はハイボールのグラスを手にしたまま、目を細めて見る。冷めた声を作って言った。

「ちょっと。正義が報《むく》われる社会を理想としてくれない？　刑事さん」

噛みつく口調で言い返す。

遊佐は警察官だ。現在は神奈川県警捜査二課係長で階級は警部。旧国家公務員採用Ⅱ種試験をパスした準キャリアだった。

凪沙の言葉に苦笑した遊佐が焼き鳥のなくなった串《くし》を皿に置く。

「俺は現実主義なんだ。神田も今回、身をもって実感したんじゃないのか？」

凪沙は頭を振ってつくねを口に運ぶ。

〈ニュースアイズの件は正義の暴走の怖さを思い知った〉、〈神田凪沙は正義中毒〉――。ネットにはこんな書き込みもあった。

「実感したとしても何もしないことの言い訳にはならない。わかってるでしょう」

遊佐はこう見えて正義感が強い人間だ。凪沙よりずっと。本心からの言葉ではないはずだった。

遊佐はカウンターに視線を落としたまま言った。

「わかっていても、凹《へこ》んでるんだろ？　通常運転の正義も暴走と見られる世の中を信じられない、もう戦う力が出てこないって顔に書いてある。自分の弱さを認めてしまえ」

「カエルも食べられない奴に弱いと言われたくない」

「カエル関係あるか？」

反論しながらも、遊佐の指摘が外れていないことは口惜《くや》しかった。

恵美佳の死の真相を追わなければならない。頭ではわかっているのに、事件を追うことができない。いわれのないバッシングを受ける恐怖もある。だがそれ以上に、凪沙は疲れていた。今まで信じていたジャーナリストとしての矜持《きょうじ》が、ひどくもろいものに感じる。

「でも神田凪沙が弱いからこそいい番組を作っていたのかも」

「え？」

「ニュースアイズ。一視聴者として嫌いじゃなかった」

意外な言葉に俯いていた目を上げる。

遊佐はビールに口をつけてから言った。

「コメンテーター同士に積極的に議論をさせるコーナーが面白かった。多くのマスコミが触れたがらないネタにも切り込んでたのも目立ってた」

「その番組が目立つことがおかしいのよ」

凪沙はカエルの足を摘まんだ。

「世界報道自由度ランキングで日本は二〇一〇年を最後に低迷してる。けど国民の多くは危機感を持ってない」

「井の中のカエルだ」

遊佐が笑うと同時に凪沙はカエルの足を頬張る。離れたテーブル席でサラリーマン風の男の携帯が鳴り、席を立った。今、他に客はいない。遊佐がちら、と横目で見てからビールを飲んだ。

「危機感は持たないが嫌悪感は持ってる。マスコミは節操がなく、無責任っていう知識が刷り込まれてるんだ」

「言ってくれる」

ハイボールが空になる。次は何を飲むかとメニューに目線を走らせる。

「まぁうちも人のことは言えないね」

「他人事みたいに何言ってるの。膿《うみ》を隠した組織は腐る一方よ」

「そうだな。正しい」

どこか寂しそうに微笑んだ。そう見えたのは一瞬で、見間違いだと思った。凪沙はブラックペッパーハイボールを注文してから遊佐のジョッキを見る。

「やけにスローペースね。酒弱くなった?」

まだ一杯目のビールをちびちび飲んでいる。いつもの遊佐らしくない。いつもの、と言っても会うのは年に一度か二度。今日会うのは二年ぶりだったが。

「このあとも仕事なんだ。ややこしい書類の作成を」

「現場叩き上げのノンキャリアが性に合ってたんじゃない?」

軽い嫌味を返す。だが、本心でもある。

中学を卒業し別々の高校に進学してからも、遊佐とは縁が切れなかった。忘れた頃にどちらからともなく連絡をして、どこへ行くでもなく食事をするか、酒を飲んで、話をする。

互いに「ジャーナリストになる」、「警察官になる」と宣言しあったのは大学三年の年だった。チェーンのファミレスで、パイナップルがのったハンバーグを食べていた。

——やっぱ、お姉さんの事故のことをいつか調べたいから?

——それだけじゃない。声なき声を拾う力がマスコミにはある。私はその力がほしい。

——そうか。まあ互いに持ちつ持たれつ、というのはやめよう。

——当然。権力の監視が私たちの役目だから。敵対したらごめんね。

お互い、もう警察とマスコミの人間になったかのようだった。

――おまえごとき組織的に潰してやるよ。

冗談めかして遊佐が言った。

――俺は幹部を目指す。キャリア組は無理だが準キャリアなら俺の頭でぎりぎり可能だ。

ハンバーグの大きな肉塊を口に運ぶ遊佐に、凪沙は目を見開いた。

――そっち？　現場の刑事目指すんじゃないの？

――凶悪犯相手にするのは御免だ。死ぬの怖いから。ま、研修中とかは現場に出なきゃいけないだろうけど。楽に出世して遊びたいんだ。

――今の録音しとけばよかった。出世した時に報道してやるために。

冗談だとわかったから、凪沙も軽口を返す。遊佐は舌を出した。

――痛くもかゆくもねぇんだよ。それにな。

――ん？

――正しいことをする組織が作りたいんだ。どっちが先に正義を実らせるか勝負しよう、神田。

と、どこか照れくさそうに遊佐が言い、凪沙は答えた。

――受けて立つわ。

「性にあっていようとなかろうと、俺の道は変わらない」

遊佐は遠い目をして言った。

「正しいことをする組織が作りたい？」

「神田は、声なき声を拾う？」

「お互い青かったわね」

でも自分はまだ理想を捨てていない。そう言ったら茶化されるだろうか。迷っているうちに遊佐が言った。

「今でも理想は捨ててない」

と。見透かされたのかと驚いて目を向ける。だが遊佐は自分の気持ちを口にしただけのようだった。

「俺はロマンチストだからねぇ」

「さっき現実主義を自称したばかりでしょ」

「ロマンチストな現実主義なんだ」

「オール電化のガスコンロみたいな意味のわからなさ」

素直ではない言葉が自分の口から出る。

「でも正直悔しい」

「ん？」

「理想は捨ててないって、先に言われた。私も遊佐に負けてられない」

近くもなく遠くもない距離をともに歩く存在。凪沙にとって遊佐はそうだった。遊佐にとっての凪沙も似たようなものじゃないかと思う。相手に恋愛感情を抱いたことはないし、友情というほどすっきりした感情で結ばれていない。戦友、が近いだろうか。

ハンバーグの一切れを再び口に含む。しばらく黙り込んだ遊佐が「そういえば中学の時」と切り出す。

「授業中『もし一億円あったらどうする？』って、英語の関口《せきぐち》が質問してきたんだ」

遊佐がビールを飲み言った。懐かしい教師の名前の登場に面食らう。英語担当の関口はしょうもない質問を生徒にするのが趣味で、二年生の時の凪沙のクラス担任、そしてテニス部顧問だった。

「指名された俺は『困ってる人にあげる』って答えた。翌日から俺の陰のあだ名は偽善者」

成績がずば抜けてよく、学級委員長なども自ら立候補するタイプだったのも、悪目立ちしたのだろう。

「深く考えてなんかいなかった。一億円の使い道なんて他に思いつかなかった」

凪沙はカエルのフリットの皿を空にした。

「急な思い出話、どうしたの？」

「蛭田景行《ひるたかげゆき》を知ってるだろ？」

「もちろん。取材したこともある」

蛭田景行は与党所属の国会議員だ。父親はかつて副総理も務めた重鎮。代々政治家の家系で、県内に強固な支持地盤を築いている。

景行自身は「クリーン政治」というモットーをメディアでもしばしば打ち出している。学生時代は留学やボランティア活動で国内外を飛び回った経歴もあり、精力的なイメージが定着していた。歯切れの良さと甘いマスクは人気が高い。

「蛭田が雑誌のインタビューで似たようなことを言っててね。『今、もしも自分に自由に使える金があるなら、生活に困窮している国民の方々に配ります』って」

「貧困問題に熱心なのが売りでしょ」

ニュースアイズでも独占インタビューを放送したことがある。

――『相対的貧困』の問題を見過ごしてはなりません。子どもたちに、格差のない未来を準備したい。

――政治家は不正をして当然という風潮をなくしたい。若者が、社会的弱者が動かす国を作る。そのために私は、この身を犠牲にする覚悟です！

白い歯と、やけどしそうに熱い口調が印象に残っている。

「胡散臭《うさんくさ》いと思った。俺もあの頃こう思われてたのかと、ブーメランを受けた気分だったね」

「本心でそう言ったのならブーメランなんて気にすることない。まぁ蛭田に関しては、口先だけでしょうけど」

「そう思うのは不正疑惑のせいか？」

凪沙は頷く。昨年、蛭田が大手建設会社から違法な献金を受け取ったという疑惑が取りざたされた。「贈収賄容疑で横浜地検が逮捕間近」との情報も流れた。

が、結局彼が逮捕されることはなかった。世間の注目が同時期の芸能人の不倫報道に移って尻《しり》すぼみになり、蛭田は国民に「誤解を招いたことを陳謝」して幕が引かれた。他の日本の政治家に違わず「誤解する国民に非があるのか」と問い返したくなる謝罪だった。

遊佐は空のジョッキを見つめながら、数秒間、黙った。おもむろに言う。

「蛭田を崩せそうなネタを持ってないか？　後ろ暗い話とか」

「持ってない」

驚きながらも正直に即答する。

「蛭田を追ってるの？」

遊佐は答えず、ブラックペッパーハイボールを運んできた店員に水割りと枝豆を頼んだ。

捜査二課は汚職や背任事件を担当する部署だ。蛭田をマークしていてもおかしくはない。だが、遊佐がこんな形で凪沙に探りを入れるのは記憶にある限り初めてのことだった。

「遊佐？」

隣に顔を向けた。

「ノーコメント」

「……。ノーコメント」

遊佐の声真似《こえまね》をした。ハイボールを飲む。

「さすが、国家権力は違うわ」

舌が痺れるブラックペッパーの力を借り、ぴりりとした一言を返す。

「そう褒めるなよ」

「褒めてな……」

ふいにデジャブに襲われる。中学時代の記憶の断片だった。気づくと噴《ふ》き出《だ》していた。

「なんだ？」

「中学で初めてまともにしゃべった時、同じことを言った」

戸惑う遊佐に冷やかす口調で言う。初対面のことを今でも覚えていた。

「最初の会話が最悪だったわ。変わってないね。成長がない奴」

「アラウンドフォーティーになってもか」

「ふつう略して言わない？」

「正しい日本語を心がけてるんだ」

「英語でしょ」

「和製英語だねぇ」

水割りと枝豆が遊佐に運ばれてくる。二人の間に置かれた皿に、二人同時に手を伸ばす。枝豆の殻が瞬く間に山となっていく。

ふいに遊佐が体を向けてくる。

「神田凪沙も変わってないだろ？」

「え？」

「どんな逆境でも孤独なだれかのために真実を追い求める。華々しさも名誉も求めず、諦《あきら》めずに。そんな正義をおまえは貫《つらぬ》けよ」

思いがけず体が熱くなった。凪沙は悟られないようにハイボールを飲む。そして凪沙も遊佐に体を向けた。半身ずつ向かい合う。首を傾げて遊佐を窺う。

「なんだ？　思わずキスしたくなったか？」

「ありえない」

「安心した。カエルとイナゴと胡椒《こしょう》の味はきつい」

「遊佐も貫いてる？　正義」

問いかけると遊佐は、片方の口角だけ上げて微笑んだ。否定も肯定もしない。

「そっちも何かあった？」

はっきりとはわからない。だが、遊佐自身が逆境の只中《ただなか》にあって、同じ苦しみの凪沙に言葉をかけているような、そんな気がしたのだった。

笑って先に顔を背けたのは遊佐だった。

「俺は常に何かあるさ。人気者だからねぇ」

はぐらかしたのはわかったが、強引に訊き出す術も理由も見当たらなかった。

「ま、ともかく引きこもりは健康に悪いぞ」

「孤独死しそうになったら電話するわ」

精一杯の軽口に、「どうしろと」と遊佐は笑う。心底面白い、というふうな笑みだった。

「部屋から出して。事故物件になったらマンションに迷惑だから」

「この機会に婚活でもしたらどうなんだ？」

「遊佐こそ。相手に求める条件が高そうだけれど」

「カエルを食わないこと」

「偏見。あ、思い出した。好きなタイプはメグ・ライアンだった」

遊佐が苦笑いして口元を曲げる。

「思い出すなら正確に頼む。俺が子どもの頃に見た『恋人たちの予感』に出ているメグ・ライアンだ」

力説に凪沙も笑う。

「あんまり遊佐が話すから私もＤＶＤで見たんだった」
二十二、三歳の時か。
「俺は結末に納得いってない」

「それも前に聞いた」

「この歳《とし》になると同じ話題を繰り返すものだ」

そうかも、と思いつつハイボールを飲み、笑って口にしてみる。

「初恋相手はメグ・ライアン」

「メグ・ライアン、イコール初恋相手」

意味なく語順を入れ替えた遊佐が枝豆を摘まんだ。

「メグ・ライアンの誕生日は十月十五日」

凪沙はぎょっとした。

「嘘。メグ・ライアン、私と同じ誕生日」

「はぁ⁉」

「はぁって言わないでくれる？　不可抗力」

それからしばらく口論したり、たわいのない話を続けたりした。翌日には記憶から抜け落ちるような、とりとめのない会話だった。

凪沙はシメにカレーを頼んだ。タバスコとマヨネーズをたっぷりかけて食べる。遊佐が瞠目《どうもく》し、「そんな食い方もするのか」と言うので、「昔からだけど？」と返した。どれだけ付き合いは長くても知らない面はあるものだ。

二時間と少しで店を出た。割り勘で、と言ったのに遊佐が「今日は奢《おご》る」と譲らなかった。仕方なく折れて凪沙は言う。

「じゃあ次回、返すから」

「今度は俺の行きたい店で。高級フレンチにしてやる」

寒い夜だった。火照《ほて》っていた体が駅までの道のりでみるみるうちに冷やされた。遊佐との会話で戻っていた平常心が乱れてくる。通行人とすれ違うたびに視線を感じた。いつ罵声《ばせい》や暴力がふりかかるかと身構えてしまう。

この二ヵ月、凪沙は「追われる身」だった。仲間だったはずのマスコミや多治見と同業の動画配信者は自宅にまでやってきた。「帰ってください」と訴えれば、「自分が今までしてきたことだろ」、「逆ギレすんな詐欺師《さぎし》」などとネットをにぎわせる結果になった。最近は落ち着いたが、かつてのように堂々とは歩けない。マフラーを深く巻く。寒い季節でよかった、と思う自分がふがいない。

駅が近くなった頃、遊佐が言った。

「大丈夫か?」

「次のフレンチまでには、私に戻ってる」

自信も根拠もないセリフを口にした。寒々しく響いただろうか。

「どうやって回復を? 地道なリハビリテーション?」

「ふつう略して言わない? って二回目。つっこむの疲れるんだけど」

「俺が恋人じゃなくてよかったろ」

「本当に」

遊佐は背を向けてあっさり手を振る。

「じゃ、フレンチ楽しみにしとく。またな」

駅の入り口とは別方向に歩き出した。言い足りないことがあるような気がしたが、言葉は出てこない。無言で見送って駅に入った。


遊佐が変死したのはそれから一週間後の夜ことだ。

雑居ビル屋上からの転落死だった。

その知らせを凪沙は、友人の柿原から受けた。週刊誌の記者である彼は遊佐とも面識があり、凪沙と同級生であることも知っていた。

「現場は、入ってるテナントの少ない古いビルらしい。建物に防犯カメラもない。だが遊佐以外にだれかがいた形跡があったらしくてな。警察じゃ他殺の線を含め捜査中」

「……そう」

「こんな時に知らせたのは余計だったたか？」

電話口の柿原がわずかに気遣《きづか》う口調になる。凪沙は自宅にこもって、白紙の原稿に向かっているところだった。遊佐が死んだという話に、まるで実感が湧かなかったが、外に出なければ、と強く思った。

「大丈夫です」

「一応言っとくが、何か手伝えることがあったら言えよ。今ちょうど暇なんでな」

「ありがとう。柿原さん」

電話のあとで凪沙は深呼吸を繰り返した。こもった部屋の空気を入れ替えるために窓を開く。風はない。静かな冷気が忍び込む。

「遊佐が死んだ」

声にする。タブーを口にしたような罪悪感があった。驚きや悲しみはもちろんあった。だがそれを上回っていた感情は、森で財布を落としたような、自分の名前の書き方を忘れたような、名状しがたい焦燥感だった。

奢り返してない。高級フレンチ、どうするの？　問いかけた途端、胸を痛みが突く。

深呼吸を繰り返し、現実を吸い込んでいく。すると疑問がせり上がってくる。

遊佐がなぜ死んだ？　と。

調べるしかない。そう、調べるしかない。凪沙は顔を上げた。顔を上げたことで、俯いていたことに気づいた。

遊佐が死んだ理由を突き止めなければ、この焦燥は消えない。

人が多く集まる場所に踏み入るのは久しぶりだった。皮肉なのはそれが遊佐の葬儀会場だったことだ。葬儀は通常より遅く、死亡日から一週間経っていた。司法解剖があったためだろう。

警察葬ではないが、さすがに県警の係長の告別式には警察関係者が多い。カメラとマイクを持った報道記者も散見された。知っている顔もいる。凪沙は極力顔を伏せて会場を進んだ。

見慣れた微笑の、遺影がある。

焼香のために棺《ひつぎ》に近づく。物言わぬ友人が花に囲まれている。解剖はされているはずだ。だが医師も納棺師もさすがプロというべきか、その痕跡《こんせき》は全く窺えない。遊佐の顔は傷一つない穏《おだ》やかな死に顔だった。大きく息を吸う。

席に戻ろうとした時、親族席から強い視線を感じた。他の親族が頭を伏せている中、喪服の若い女性が凪沙を凝視していた。遊佐の妹だろう。名前は確か遊佐清花《きよか》。かわいらしい顔立ちをしていた。

一礼して席に戻った凪沙はしばらくして、会場に現れた白髪交じりの男に目が止まった。自然と眉間《みけん》に皺《しわ》が寄る。幾度か面識がある西海《にしうみ》という新聞記者だった。マスコミ大手の講談新聞社の政治部所属だ。取材に来ているといった様子ではない。

清花が席を離れた時、見計らったように西海が動いた。反射的に凪沙は席を立って後を追う。会場の通路で西海が清花を呼び止め、何か話している。

「知りません」

清花の短い返答が聞こえる。が、西海はなおも作り笑顔で質問を重ねていた。凪沙はわざとヒールの音を鳴らして近づいた。

二人が振り返る。

「おっと。神田さんじゃないですか」

西海が言う。渋みのあるバリトンボイスだ。

「お久しぶりです。まさかお会いするとは」

「まったくだね。最近大変なご様子ですが？」

「ええ。おかげさまで。すみません、お話し中でしたか？」

如才なく凪沙は言った。清花を見る。緊張した面持ちで、二人の記者どちらの顔も見ていない。

「いえいえ。お悔《く》やみを申し上げていただけです。それでは」

西海が離れていく。

清花に目を移すと、顔を上げた。

「初めまして。神田といいます」

「知っています」

くっきりした声量で清花が言った。

「兄から時々名前を聞いていましたし、テレビでも。今の、西海さんとはお知り合いですか？」

「ええ。顔見知り程度に。何を話していたんです？」

清花はつかの間、凪沙を品定めするような目で見た。

「兄から預かっているものはないかと聞かれました」

「預かっているもの？」

「ありませんと答えました。神田さんはどうですか？」

「え？」

「兄と親しかったんですよね」

一歩、ぐいと近づいてくる。

「親しかったといっても、たまに会うだけだったけれど。私は何も預かっていません」

「じゃあ兄を殺したのがだれなのか、心当たりもないですね？」

言いながらさらにもう一歩近づいてくるので凪沙は若干後退する。兄の他殺を疑っていない口ぶりにたじろぎもした。

「ありません。でもお兄さんの職業柄、恨みを抱く人間はいたでしょう」

清花が目を伏せる。長い睫毛《まつげ》だ。

「新聞には『警察官が不審死』と。今は騒いでいますが、進展がなければ報道は消えますよね？」

「捜査はされていると聞きましたが」

「兄の部下だったという刑事さんが訪ねてきました。ほとんど捜査情報は教えてくれませんでしたが、現場に兄とは別の人がいた痕跡があったことは教えてくれました。争ったような足跡だって」

静かに息を呑む。遊佐は夜の雑居ビルでだれかともみ合い、転落した。

突き落とされた――？

凪沙の頭には最後に会った日、遊佐が不自然に持ち出した人物の名前が張り付いていた。

「お兄さんが政治家の蛭田の話をしていたことは？」

「蛭田？　蛭田雅信《まさのぶ》ですか？」

蛭田雅信は景行の父親だ。失言問題などで一線は退いているが、未だに党内の影響力は絶大な人物である。

「息子の蛭田景行の方です」

「兄は蛭田を追っていたんですか？」

清花の声が大きくなったので首を横に振る。

「全く確証のない話です。ただ遊佐が、お兄さんが生前話していたので」

「そうですか。兄は家で仕事の話はしなかったので。……すみません。あとで連絡してもいいですか。お話があります」

「え？　わかりました」

凪沙は名刺を渡した。

「では後ほど。失礼します」

清花が歩いていく。物おじしないタイプ、という印象を抱いた。話とは何か。いやそれ以前に、妙に敵意を抱かれていないか？　と凪沙は戸惑ったが、気を取り直す。重要なのは西海だった。

西海という男は一見物腰柔らかだが、その実したたかで狡猾《こうかつ》な記者だ。身もふたもない言い方をすれば、権力にすり寄る力に長《た》けている。現在は内閣記者会にいるがいわゆる「御用記者」として業界では有名だった。

凪沙の中で蛭田、西海という点と点が明滅する。

葬儀場を出ようとする西海に追いつき、呼び止めた。

「ん？　神田さん。なんですかね？」

目じりの皺が深い笑顔だった。

「すみません。西海さんがいらっしゃるのが驚きで。故人とはどのような関係だったんです？」

「幾度か取材をね。エリート集団の二課らしくない面白い人でした。神田さんは？」

「中学の同級生なんです」

「へぇ。同級生が刑事とジャーナリスト、か」

揶揄《やゆ》する口ぶりで西海が言う。

「ところで西海さん、清花さんに『預かっているものはないか』と質問していましたね？」

一度言葉を切る。伝聞ではなく凪沙自身が聞こえていた体で訊ねた。清花がしゃべったと事実を伝える危険が未知数だった。あるいは清花が嘘をついている可能性もある。その場合西海は否定するはずだった。

「ええ、まあ」

西海は肯定した。続けて訊ねる。

「何を探しているんですか？」

「大したことじゃないですよ」

「具体的には言えないものですか？」

「どうして君に答えなきゃいけないの？」

まいったなぁという笑みを浮かべながらも、冷たい拒絶の意思が見えた。凪沙は笑みを返し、あえて隙を作る回答をした。

「ただの好奇心です」

「好奇心？　いただけないんじゃないですか。好奇心で失敗したばかりなのに」

案の定、西海は食いついてきた。

「老婆心ながらね、好奇心なんて安易な動機で仕事をしているから、ニュースアイズの一件が起きたんじゃないですか？」

「あの件は、決して……」

「言い訳は見苦しい」

「違います！」

「大声出すと注目されてしまいますよ。冷静に」

必死な声を作ると西海が気持ちよさそうに笑った。これはさっきまでの作り笑いではない、と凪沙は直感した。西海に優越感を味わわせてから、まるで悔しさで口走ってしまったかのように、凪沙はつぶやく。

「私は遊佐から蛭田先生に関することを聞いていて……」

西海の表情が固まった。先を続けずに顔を背けた凪沙に「遊佐刑事はあなたに何を話したんです?」と質問をぶつけてくる。やはり蛭田に何かある。

「大したことじゃないですよ」

先ほどのセリフを返す。西海が眉根を寄せる。

「ただ、私も遊佐から預かっているものがあります」

「なんだって?」

「二週間ほど前に彼と飲んだんです。その時に」

完全なブラフだった。預かったものなどない。強《し》いて言えば奢られただけだ。

「何を預かったんです?」

「箱です」

「箱？」

「鍵《かぎ》がかかっていて中は見られません」

嘘を並べる。西海の表情に苛立ちが見て取れた。西海は特定の政治家に有利な記事を書く御用記者として名を馳《は》せているが、蛭田の属する派閥とはとくに親密だ。

昨年、蛭田の不正献金疑惑が取りざたされた際、世間の注目は集まらなかった。大物俳優の不倫報道一色だったからだ。その不倫報道は週刊誌から始まった。だが、週刊誌の記者を動かしたのは、記者の学生時代の先輩である西海だともっぱらの噂《うわさ》だった。

理由はもちろん、蛭田から世間の注目を逸らすために。世論を操作したのだ。

「遊佐くんは亡くなっている」

西海は言った。君が持っていても仕方ない、渡せ、と続けたいのを堪えている様子だ。

「ええ。なのでどうしたらいいものか困っています」

凪沙は無表情に言って、踵を返した。十分に離れてからスマホを取り出し、柿原に電話する。

「もしもし柿原さん。本当に暇なら頼みたいことが――」

遊佐との出会いは中学二年生の時だった。陸上部だった凪沙は、いつもグラウンドの競技場でトレーニングをしていた。隣にテニスコートがあり、遊佐はテニス部だった。ボールが陸上部エリアに飛んでくることはしばしばあったが、遊佐の頻度は群を抜いていた。

ある日、ストレッチ中にボールが飛んできてバウンドし、砂が頬をかすめた。「ごめん」と言いながら長身の眼鏡が追ってきた。遊佐だ。隣のクラスの学級委員という認識しかなかった。

苛立って凪沙は立ち上がった。

——わざと陸上部を狙って打ってるの？

——んなわけないだろ。

——だって何回目だと思ってんの。

——陸上部にちょっかいかけるほど暇じゃない。自意識過剰だね。

嫌味な言い方にムッとした。

——だったら逆にすごいわ。下手すぎて。

皮肉を言ったら、遊佐はニヤッと笑った。

——そう褒めるなよ。

——褒めてない。全然。

凪沙はボールを拾って遊佐からズレた方向に投げた。

——おいっ。

ボールはテニスコートの裏手に転がっていった。

最後の会話で「最悪だった」と言ったのは盛りすぎだった。でもいい印象を抱かなかったのは事実だ。ところがその直後に起きた事件をきっかけに、放課後や休み時間など顔を合わせない日はないほどの関係になった。

歳の離れた妹の話をする時が一番楽しそうだった。

——俺の妹、めちゃくちゃかわいいんだよ。将来はモテモテだね、きっと。

——そういうの言いすぎると妹に鬱陶《うっとう》しがられるから気をつけな。

——ん？　あ、そういえば神田も歳の離れた姉ちゃんいるんだっけ。

——うん。お姉ちゃんは私の憧《あこが》れ。

——俺も清花に憧れられるんだろうな。

——どこから湧く自信？

「すみません、私の家の近くまで来てもらって」

蒲田駅《かまたえき》近くのカフェで清花が頭を垂れる。葬儀の翌朝だった。

「全然気になさらないでください。遠出したかったので」

仕事用のパンツスーツに袖を通すのも、仕事モードの化粧も久しぶりだった。

互いにコーヒーに口をつけてから、「さっそくですけど」と清花が切り出した。

「初対面で失礼なのは承知していますが、私は大体のマスコミが嫌いです。無責任に人の生活を踏みにじったり、くだらないニュースを垂れ流して切り込むべき問題を放置したりするから。世の中の多くの人はどうせ無関心、怒るのも一時的だからと思って舐めている。違いますか」

一瀉千里《いっしゃせんり》に言ってくる。凪沙は面食らったが、不愉快ではなかった。なるほど、清花に敵対心を持たれていると感じたのは「職業」のせいだったか？

清花の意見はもっともだった。日本のマスコミが自分たちの都合で報道を取捨選択していることを凪沙は身をもって知っている。自社の利益にならない問題は極力触れず、報道に際しては自らが設定したストーリーを曲げない。新たな情報や見方があるとわかっても、自分たちのストーリーに添わなければ黙殺や曲解を厭《いと》わないことがままある。

よくも悪くもネットメディアやSNSが発達したのは、テレビと違い他者の発言に対し明確に、即座に意見できるからだと凪沙は考えている。

報道に限った話ではない。たとえばバラエティ番組で出演者が間違った知識を話したとする。「間違いだ」と指摘できない視聴者のストレスは、ネットがなかった時代とは比較にならないほど大きいのではないか。相手がテレビだから訂正できない、口を挟めない。双方向じゃない。ならば見ない。信用しない。

「おっしゃる通りです」

ややあって凪沙は答えた。

「清花さんはフェアな方ですね」

「えっ？」

「大体のマスコミ、世の中の多くの人、という言い方をしました。全員が全員ではないと」

清花は悪手を打った棋士のような顔をした。が、一瞬で挑戦的な顔に戻る。

「ですから改めて神田さんにお聞きしたいんです！」

「なんでしょう」

「虚偽報道をしたというのは本当なんですか？」

清花は険《けわ》しい表情で凪沙を見つめる。

「いいえ」

凪沙は答えた。

「でもスクープしたのは時期尚早でした。もっと裏付けをしてからでなければいけなかったのに、数字欲しさに早まってしまった」

主語は省いて凪沙は言った。清花がいっそう顔をしかめる。

「大人の事情というやつですか？」

「大人の事情ほど幼稚なものはありません」

自嘲《じちょう》的に言うと、清花は視線を払うように泳がせ、再び凪沙を直視した。

「責任を押しつけられた？」

「いえ、私に責任はあります」

「けどもっと大きな責任を負うべき人は逃げたんですね。神田さんは納得しているんですか？」

怒りを隠さず問い詰める口調だった。凪沙はしばし考えてから言った。

「納得はしていません。怒っています。でも怒りは真実の追求に使うしかありません」

「ただ一つの真実を世の中に知らしめる？」

凪沙は首を横に振った。

「真実は人の主観。だから人の数だけあります。私が真実を追い求めるのは、そうすれば必然的に事実が明らかになるからです」

真実のために人に会い、話を聞き、資料を貪《むさぼ》り、あらゆる情報を照らし合わせれば「嘘」や「誤解」がふるい落とされていく。残った揺るぎないものが事実だ。

「私が世の中に提供しなければならないのは、精査された事実です。一人一人が自分なりの真実を見つけるための材料集めが、私の仕事です」

口にして改めて凪沙は自分の矜持を再確認した。だが同時に清花への回答が後ろめたくもなった。頭で題目を並べても、動かなければ意味がない。今の自分はジャーナリストとして失格だ。

前のめりになっていた清花が、背もたれに背中を預けた。ひとまず兜《かぶと》を下ろした、という素振りに見えた。

「……兄が言っていたとおりですね」

「え?」

「『神田凪沙は信頼できる人間。警察の仲間以上に』。以前そう言っていました」

目を瞠《みは》る凪沙の前で清花がバッグからスマートフォンを取り出した。テーブルに置く。

「兄の携帯です」

「もう返却されたんですか?」

他殺の可能性を含めて捜査中なのだから、遺留品は警察が保管しているはずだ。清花は首を横に振った。

「これは兄のプライベート用です。兄が部屋に隠していたのを、警察より先に回収しました」

思わぬ話に驚く。

「なぜそんなことを？」

スマホに視線を落とす清花の眉間に皺が刻まれる。

「生前、一度だけこの携帯を見せられたことがありました。『俺の身に何かあったら神田凪沙に渡してくれ』と頼まれたんです」

凪沙は驚いてスマホを手に取った。

「生前というのはいつ？」

清花が大きく息を吸った。

「亡くなる四日前。久しぶりにメールが来て、呼び出されたんです。そのメール見ますか？」

「いえ」

清花が嘘をついているようには見えない。

「でもどうして私に」

「信頼されているから、じゃないんですか」

まだ声にどこか、挑戦的な響きがあった。

遊佐が隠し持っていたスマホ。中に遊佐の死の手がかりがあるかもしれないが、ロックがかかっている。四桁《けた》の数字を入力しないと解除できないタイプだ。

「兄や家族に関連する日付とか、語呂合《ごろあ》わせとかいろいろ試してみましたけど、開きません。神田さんわかりますか？」

「……見当もつきません」

率直に答える。

清花がもう一度身を乗り出してくる。両手をテーブルに突き、さながら古い刑事ドラマの取り調べのように凪沙を観察してくる。

「えっと……？　何？」

「神田さん、兄の恋人だったんじゃないんですか？」

「えぇっ？」

変な声が出てしまい、口元を手で覆《おお》う。清花はといえば真剣な顔だった。

「ここだけの話にしますから」

「ここだけと言われても」

他にどこがあるのか。

「違う。ない。あなたのお兄さんとは一度たりともそういう関係になったことはない」

努めて冷静に弁明する。まさか、職業ではなく兄と恋愛関係にあった女と疑っているから刺々《とげとげ》しいの？　と凪沙は思い当たり、困惑する。

「中学からの付き合いで、定期的に二人で会っていて、信頼されていてもそういう仲ではない？」

そんな都合のいい話があるものですか、と言わんばかりの清花に、「ないのよ」と繰り返す。

自分たちが恋仲。遊佐が聞いていたら失笑あるいは、爆笑していただろう。

「『恋人たちの予感』という映画知ってる？」

「はい？　いえ、知りません」

「お兄さんの好きな、三十年くらい前の映画です。男女の友情がテーマなの」

凪沙はかいつまんであらすじを説明する。

主人公の男女は価値観の違いから、顔を合わせれば喧嘩《けんか》ばかりする。互いを恋愛対象には見ない。だが気の置けない関係が続いていく。

「オチを言うと、二人が恋仲になるんです」

「でしょうね。タイトルから察すると」

清花は怪訝な表情をしている。

「お兄さんはそのオチが嫌いだと言っていた。結局くっつくのか、男女の友情が成立するっていう話を見たかったのに、って」

ふとその会話をした時を鮮明に思い出す。涙が出そうになり、洟《はな》をすすってごまかす。

「だから遊佐にとって私は理想的な、楽な友達で。私にとっても同じ、妙な気持ちを抱かない相手……」

ハッとなる。スマホのロック画面を見て、まさかという思いで数字をタップする。「1015」。

ホーム画面が表示される。

「えっ！　わかったんですか？」

今日一番の大声を清花が上げた。

「え、ええ。遊佐の初恋相手の誕生日」

「だれですか？」

「メグ・ライアン」

「……だれですか⁉」

「そんなことより中身を」

興奮を抑えて凪沙はスマホ画面に指を走らせる。が、驚くほどアプリが少ない。電話帳、電話、メッセージ、データフォルダ、検索履歴の残った地図アプリ……。

電話帳には登録されている番号がない。電話履歴は数件ある。着信の番号は全て非通知だった。発信履歴の番号は二件。どちらも080で始まる携帯番号だ。一つは一ヵ月前、もう一つは、先週。

「十二月十日、十七時五十分……兄が死んだ日の夕方です」

清花がわずかに声を震わせた。

データフォルダをタップする。フォルダの名は『leech』。見慣れない単語なので自分のスマホで検索する。息を吞む。「蛭」という意味だった。

「蛭田」

フォルダには多数のファイルが保存されている。テキストデータもあれば、画像データもあった。一つずつ開いていく。テキストデータは、数ヵ月にわたる蛭田の行動記録をまとめたものだった。画像データは蛭田の写真もあったが、目を引いたのは帳簿と思《おぼ》しき写真だ。紙資料を慌てて撮影したようで写りは悪いが、金銭の授受記録であることは見て取れた。

——蛭田を崩せそうなネタを持ってないか？　神田。

ジャーナリストとしての神田凪沙とはあえて距離を置いて友人として付き合っていた遊佐の、らしくない言葉が再生される。

捜査二課の遊佐が蛭田を調べていた。

おそらく昨年取りざたされた不正献金疑惑の件だろう。だが妙なのは捜査資料らしきデータが、プライベート用のスマホに隠されていたことだ。

「神田さん、これって」

「汚職の証拠かも」

「蛭田景行を調べていた、その結果殺されたってことですか？」

「断言はできない」

凪沙は慎重に言った。仮に遊佐が捜査をしていたのだとしても、蛭田に殺されたというのは妄想が過ぎる。

「ただ、西海が探していたものがこのデータという可能性は高い」

検証しなければならない。手がかりは……。

再度通話履歴を開く。逡巡《しゅんじゅん》を捨てる。凪沙は自分のスマホから二つの番号に電話をかけた。

まずは事件当夜の番号。「おかけになった電話番号は現在使われておりません」のアナウンスが流れた。一週間と少しの間に解約されたということか。続いてもう一件の、一ヵ月前の電話番号にかける。

今度は呼び出し音が鳴った。凪沙の中で緊張の糸が張る。

呼び出し音が途切れ、「はい。カネマツです」という女性の声が応えた。凪沙は清花を見た。カネマツという名前に心当たりは？　と送話口を押さえて小声で問う。清花は首を横に振った。

「どなたです？」

と警戒する声が電話から響く。カネマツ、という名前の女性。引っかかる記憶がある。脳内の人物リストをめくりながら凪沙は受け答えした。

「突然すみません。遊佐京介の友人の神田凪沙と申します。彼の携帯に残っていた番号におかけしました」

「友人？　神田……凪沙さん？」

「はい」

電話口で逡巡するような沈黙が流れた。

「……遊佐さんは残念だったわ」

「彼が亡くなった理由を調べています」

脳内人物リストがページを引き当てる。幾度か「法廷」で見かけて印象に残った相手だ。

「失礼ですが、横浜地検の兼松優美《かねまつゆみ》検事ですか?」

「……ええ。神田さん、今日会えるかしら。話をしましょう」

「ぜひ」

「十一時に横浜公園では?」

一時間半後だった。

「承知しました」

電話を切り、大きく息を吐く。清花が目を見開いていた。凪沙は、兼松優美が横浜地検特別刑事部のベテラン検事であると伝える。

「特別刑事部?」

「汚職や経済事件を捜査する検察内の部署」

東京、大阪、名古屋地検でいうところの特捜部だ。警察とは別に独自捜査の権限を持つ。

「扱う事件は警察の捜査二課と近いということですね?」

凪沙は頷く。

「兼松さんに会って話を聞きます」

「私も行きます」

当然のことのように清花が言う。

「え？　ダメよ」

「と、言われると思いました」

「と、思ったなら言わないでください」

「では同席はしません。せめて近くにいさせてください」

清花が声を強めて言った。

「私も兄がなぜ死んだのか知りたいんです」

訴える表情に切迫したものを感じた。突如肉親を失う喪失感は凪沙も知っている。心に開いた穴を埋めたくて、できるだけのことをしたいと願うことも、経験済みだ。

「わかりました」

清花がありがとうございます、と一礼する。

「横浜公園ですね」

「まだ時間があるからその前に寄りたいところが」

凪沙は遊佐のスマホをまた操作した。地図アプリを開く。

「ここにもルート検索の履歴が一件だけある」

清花が急き込《せこ》んで覗き込む。

「十二月十日、十七時五十四分。遊佐が死亡した日。謎の相手に電話をかけた時刻が十七時五十分」

「電話の相手と会うことになって、待ち合わせ場所に向かう道を検索した、ってことですか？」

「そのあと殺されたのなら電話の相手は犯人の可能性がある」

凪沙は履歴をタップする。スタート地点は神奈川県警本部。目的地は横浜市若葉町《わかばちょう》にある映画館、『ジャック＆ベティ』だった。


凪沙の運転する車で横浜市内に向かう。

「今日まで忌引き休暇でよかったです」

助手席の清花が車窓を見ながら言った。外はありふれた平日の景色だ。

「清花さん、お仕事は何をされているんです？」

「ハローワークで相談業務を。三年ほど」

「立派なお仕事ですね」

兄妹《きょうだい》そろって公務員なのだな、と深い意味はなく頷く。

「来年の春の公募試験次第では雇い止めになっちゃいますけど」

「え?」

「非正規なんです。私。あくまで臨時雇用という体なので。働き続けるには選考を受け直して通らないといけないんです。ハローワークの職員が非正規って、笑えないですよね。毎日、訪ねて人たちは不安と焦りに押しつぶされそうになっています。多くの人が、働けない自分は社会に迷惑な存在だ、って考えてる。そんな人たちを励《はげ》ましているのに、自分自身の足場が全然安定してないんです。『何様なんだろう、私』って思うことも」

アハハ、と笑うが、無理をしている気配が伝わってくる。非正規公務員の実態は知らなかった。社会の歪《ひずみ》をまだまだ見落としているのだと実感する。

「だから昨日、蛭田雅信を先に思いついたんですね」

清花の笑い顔が薄れた。

遊佐が蛭田の話をしていなかったか、と清花に訊ねた時だ。父親の雅信の名前を口にする声は確かに、怒っていた。

二年前、現職の厚生労働大臣だった雅信が辞任に追い込まれたのは「生活苦を訴える国民は甘ったれた反抗期の子ども。大人に逆らう自分に酔ってるんだろう」という発言が批判されたせいだ。生活困窮による自殺者が相次いでいた時期、党内の政治資金パーティーでの発言だった。

ハローワークは厚生労働省の管轄だ。清花は、日々働く職員たちは何を思っただろう。

「あの時、擁護《ようご》していた人たちもいたじゃないですか」

苦しそうに息を吐いて、清花が言った。

「発言は切り取られただけ、とか、功績があるから大目に見るべきとかっていう人たちもいた。何を言ってるんだろうって思いました。客に腐ったハンバーグを出すレストランを、スパゲティはちゃんとしてるから問題なしって許しますか？　擁護する人全員、仕事を失えばいいって本気で思いました」

清花はまた無理をするように笑って、大きな声を出す。

「怒るのは無理もないことです」

静かに相槌を打つ。清花がマスコミに懐疑的な理由も理解できた気がする。当時、蛭田大臣の失言を断固批判する姿勢の番組は、ほとんどなかった。こんなふうに叩かれています、と他人事のように報じるだけだった。清花のような人々の労働環境を掘り下げることもなかった。

清花は車窓に視線を投げたまま言う。

「兄はいつか言ってました。『俺たちの敵は不条理なシステムだ』って。システムに挑んで負けて、殺されちゃったのかな」

「仮にそうなら、私たちが遺志を継げば、遊佐の負けにはなりません」

小さな公園の葉桜が脳裏に浮かぶ。

唯一、遊佐と公園で酒を飲んだ日を思い出す。互いに仕事帰りの夜。名前もないような小さな公園だった。飲みの名目は「アラサー祝い」だったから二十五歳の年だ。遊佐は伊《い》勢《せ》佐《ざ》木《き》署で、凪沙は局の情報部で、それぞれ仕事の壁にぶつかって、自分の力のなさに打ちひしがれていた。古びた木製ベンチに並び、缶ビールを空けた。

――毎日を乗り切るのが精いっぱいで、何と戦ってんのかわかんなくなる。

――私も。今のところただの足手まといの雑用にしかなってない。

――二人で勝負、するはずだったのにねぇ。

――まだ始まったばかりでしょう。遊佐にも自分の弱さにも負ける気なんてない。

――強いねぇ。

――夏を乗り切ろう。まずは。

見え透いた空元気で凪沙は言った。

——ああ。夏を、生き延びよう。

どちらからともなく握った拳を合わせる。後にも先にも手が重なったのはその二秒足らずのフィスト・バンプだけだ。

その年の夏が来て、二人とも生きていて、仕事をやめることはなかった。

清花の視線を頬に感じながら、凪沙は前だけを見ていた。

しばらくしてジャック&ベティに到着する。古くからあるミニシアターだ。とりあえず出入り口の階段を上がり、館内に踏み入った。チケット窓口が正面に見える。

「兄はあの日ここでだれかと待ち合わせた?」

清花がきょろきょろ辺りを見回す。可能性は高い。遊佐が転落死した雑居ビルも徒歩圏内の場所だ。

「窓口の人に聞き込みしましょう」

凪沙が言うと清花が頷き、スマホで遊佐の写真を表示する。遺影に使われていたものだ。

と、清花の背後を横切った男が、写真を覗き込んで眉を上げた。一瞬立ち止まりかけたがまた歩いていこうとする。

「待ってください」

凪沙は反射的に動き、男の前に立った。清花も並ぶ。

「写真の男性をご存知ですか？」

清花が合わせてスマホを掲げる。男はため息交じりに頷く。精悍《せいかん》な顔つきだ。三十代前半ぐらいか。手に提げた袋には『神戸《こうべ》のステーキ弁当』が入っている。なかなか豪華な駅弁だ。

「お話を少し、よろしいですか？」

「一分以内」

と、男が即答する。

「仕事の予定が詰まっているんで」

言葉と裏腹に映画館をうろついているじゃないか、と思ったが、映画館のスタッフなのかもしれない。「一分で済ませます」と頷いた。

「写真の男性とは知り合いですか？」

「ここで、見たことあるだけ」

「十二月十日の夕方では？」

「そう。十日の十八時十五分」

あまりに正確な物言いにぎょっとする。

「よく覚えてらっしゃいますね」

男が肩をすくめる。

「予定通り帰宅して映画を見始める時刻だったから」

映画館が自宅のような言い方に凪沙は戸惑う。

「その人、ジャックの前の通路で壁に凭《もた》れてた」

「ジャック?」

男が窓口を背に左手の劇場を指し、「あっちがジャック」と繰り返す。

続いて右手に見えるドアを示し「ベティ」と言う。二つのスクリーンの名前がジャックとベティらしい。常識、と言わんばかりだ。

「手にセロハンテープを持っていたから印象に残ってる」

「セロハンテープ?」

「俺が着席してすぐ彼も入ってきた。空いてるのに最前列の端に座ってた」

「彼は一人でしたか?」

「一人だった」

「後からだれかが彼の隣の席に座った、ということは?」

「ない」

「断言できますか?」

「できる。彼、映画が始まって十分もしないうちに出て行ったからね」

「はい?」

凪沙と清花の声が重なる。

「映画館に入って映画を見ないなんて時間の無駄だな、と思った。以上。もういい? 一分」

一息で言った男に「ありがとうございました」と礼を言う。男は通路を奥へと歩いていく。

「遊佐はだれとも会っていなかった」

ここで犯人と会ったという推測は外れだったようだ。

「兄が映画館に来たのは偶然だったということでしょうか?」

「わからない」

首を傾げるほかなかった。

十一時ちょうどに凪沙は横浜公園にいた。横浜スタジアムを背にしたベンチに座り噴水を眺めていると、歩いてくるコートの中年の女性が見えた。小柄《こがら》だがきびきびした歩き方だった。兼松優美だ。

「神田さんね。わざわざ来てもらって悪かったわ。初めましてじゃないわよね」

兼松は隣に座るなり、言った。涼やかな顔立ちだが長年法廷でならしたせいなのか、声には重量感がある。

「はい。以前お目にかかったことが」

「川崎ネジ工場の不法就労事案の時ね。テレビの顔が傍聴に来ていて驚いたけど。あの時はあなたのおかげで現場責任者がトカゲのしっぽになるのを防げた」

「兼松さんの手腕です」

褒め合いがおかしいという雰囲気で兼松が薄く微笑み、両手をすり合わせた。

「寒いわね。近くに行きつけの洋食屋があるの。昼がまだなら」

「ご一緒します」

ベンチから腰を浮かす。公園から出て歩いて数分、老舗《しにせ》の雰囲気がある食堂だった。凪沙は入店の際に入り口の近くに座っていたサラリーマンに二度見されたが、絡まれはしなかった。

一番奥の座敷《ざしき》の個室に入る。盗み聞きされる心配はなさそうだった。

「初めに。録音はしないで」

「はい」

どのみち、ふだんは持ち歩いているボイスレコーダーを今日は持っていない。

「遊佐が隠し持っていたスマホには、兼松さんにかけた履歴がありました。なんの電話だったんでしょうか?」

「あら。直球」

「搦《から》め手《て》を使うほどの情報がまだありません。むしろ特刑の兼松さんが、干されているとはいえマスコミの人間と会ってくださることに驚いています」

マスコミに対する特別刑事部のガードが固いのは言うまでもない。情報が命綱なのだ。

「取引をしたいのよ。遊佐さんのスマホの中身をもらえたら、私の知る情報を渡す」

予想していた展開だった。凪沙は遊佐のスマホを出した。

「話をしていただけたらお見せします」

兼松は白髪交じりの髪を梳《す》いて、小さく頷いた。

「質問に答えるわ。先月の電話は遊佐さんからの情報提供だった。一年前の汚職事件についての」

「蛭田景行が逮捕直前と言われた件ですね」

「地検と捜査二課双方で捜査は大詰めだった。でも圧力がかけられたの。警察にも我々にも」

声を潜めながらもきっぱりと兼松は言った。

「蛭田が圧力を？」

「蛭田と、その上にいる蛭田の父親、蛭田雅信ね。表向きは引退しているけど党内ではだれも逆らえないから」

「彼に逆らえない人物は検察や警察にもいると？」

兼松は悲しげな顔で頷く。

「蛭田親子だけじゃない。多くの政治家が司法の手綱を握ってる。三権分立が骨抜きなことは、あなたもわかるでしょ」

「わかりたくないですが」

凪沙の返事に兼松が薄く笑う。

「遊佐さんは圧力に相当抵抗した。でも上層部に潰された。ライバルだったけど、彼は骨のある刑事だったから何度か飲んだこともあるの。最後に会ったのは半年前」

「一ヵ月前の電話のあと会わなかったんですか？」

「ええ。それをとても悔やんでいる」

兼松が重いため息を落とす。

「遊佐はいまだに捜査を続けていたんでしょうか？　個人的に」

「間違いないと思う」

「一ヵ月前に提供してきた情報というのは？」

「裏帳簿の存在」

兼松は目を細めて凪沙のスマホを見つめる。

「電話で私に協力を持ち掛けてきた。共に逆転の策を講じないかと。具体的な証拠が手に入ったらまた連絡する、ということだった」

「策？」

「この先はあなたのデータをもらってからよ」

凪沙は兼松に、遊佐のスマホを手渡した。

兼松は縁なしの老眼鏡をかけ、無言でじっくりとデータをチェックする。やがて息を吐いた。取られることも想定し、中身はバックアップ済みだったが、兼松は「コピーさせてもらうわ」と言ってSDカードリーダーらしき端末とスマホをケーブルでつないだ。

「これは、蛭田に流れた金の裏帳簿でしょうね。でも決定的な証拠ではない」

「はい」

凪沙も感じていた。原本ならまだしも、こんな不鮮明な写真ではただの「怪文書」だ。大物政治家相手にははぐらかされてしまう。

「このデータを探している人物がいるようです」

凪沙は情報のカードを切る。兼松はつかの間の思案顔の後で眼鏡を外す。

「講談新聞の彼ね」

「ご存知でしたか」

「昨年蛭田の汚職疑惑が盛り上がった時、私たちの圧力以外にも不自然な動きがあった。あなたたちマスコミよ」

「俳優の不倫報道ですか？」

蛭田の疑惑報道を打ち消した要因。兼松が頷く。

「あれを流した仕掛け人が」

「西海」

腐敗しているのは警察や検察だけではない。マスコミも同様か、それ以上に死に体だった。

「そう。さっきの話の続きをする。西海を落として、蛭田がマスコミに圧力をかけた証拠を摑む、というのが遊佐さんの建策だった。西海はしょせん小物。隙が多いというのが彼の見立て」

「兼松さんに協力を要請した？」

「蛭田に迫って失敗して以降、警察内部で彼は味方がいなかったそうよ」

遊佐が孤立していた。あの時のように。胸を締め付けられる。最後に会った夜、遊佐が苦しみを抱えていると感じたのは間違いではなかったのだ。

なのに遊佐は凪沙を励ますだけだった。格好つけるな、と言ってやりたくなり、もう無理なのだという事実に打ちのめされる。

「遊佐はこのデータで西海を揺さぶるつもりだったということですか？」

「ええ。この写真が西海を揺さぶる武器になる詳細な理由はわからない。でも遊佐さんが持っていたのならそういうことでしょう」

だとするとやはり遊佐を殺す動機があるのは西海か。だが、釈然としない気分だった。何が引っ掛かるのか、まだ言語化できない。

「取引は以上ね」

兼松がケーブルを外しスマホを返却してきた。ほぼ同時に二人が注文したカレーが運ばれてきた。

「やはり気になるんですが」

スプーンを手にした兼松に、凪沙は言う。

「どうしてここまで私に話したんです？　遊佐と交流があったとはいえ」

通常ならありえない「取引」だ。兼松がスプーンでカレーとライスを混ぜる。

「来年、異動になるのが決定してるのよ。蛭田絡みで私も、意気込んじゃったから」

凪沙の胸に痛みが走る。左遷、ということか。

「昔から慣れてるわ。あなたもでしょう？　神田さん」

「なぜですか」

「女だからよ。ジェンダーギャップ指数百二十一位は伊達《だて》じゃない」

兼松と凪沙は共犯者のような笑みを浮かべ合った。哀《かな》しい笑みだった。マスコミ業界も典型的な男社会だ。凪沙もあらゆる不条理に直面してきた。

兼松も長く、戦ってきたのだろう。

「そんな顔しないで。食べたら？」

凪沙はぼんやりとタバスコに手を伸ばす。カレーにこれでもかとかける。

「本当にそんな食べ方するのね」

「あっ」

目を皿に伏せたまま固まる。うっかりしていた。初対面の相手の前では、さすがに気まずい。

「遊佐刑事から聞いていたから、驚かないわ」

兼松はマヨネーズを差し出してきた。凪沙は驚いて顔を上げた。兼松は笑みを浮かべていた。

「私に失うものはない。遊佐さんの弔《とむら》い合戦《がっせん》なら一枚嚙ませてもらうわ。お互い情報が入ったら交換しましょう」


兼松と別れてすぐ話の内容を手帳にまとめ、駐車場に待たせていた清花と合流する。車の中で兼松から得た情報をおおまかに伝える。

「兄が組織で孤立していたなんて」

清花は信じられない様子だった。

「そうまでしてなぜ捜査なんか」

「正義の人でしたから。遊佐は」

惑うことなく凪沙は答えた。

「昔から変わらずね」

遊佐のスマホをもう一度見返す。

警察組織が味方じゃなかったのなら、このスマホを外部の「信頼できる相手」に託そうとした理由はわかる。ならばなぜ兼松ではなく、凪沙だったのか？　それに……。

着信音がした。遊佐ではなく凪沙のスマホだ。発信者は、柿原だ。

「はい神田です」

「こちら暇人。今すぐ家に帰れ」

柿原の声が言う。

「来ましたか⁉」

逸《はや》る気持ちで凪沙はエンジンをかけた。


「うわ！　なんですかこれ！」

凪沙の自宅に入った途端、清花は悲鳴を上げた。

「この機会に断捨離しようかしら」

凪沙は肩をすくめて言った。

目の前の部屋はひどい有り様だ。クローゼットからキッチンの棚まで中が荒らされ、机周りの備品は散乱し、ベッドのシーツも引っぺがされていた。盗まれたものはベッドの下に隠していたもの一つだけ。取られて困るものはもともと置いていなかった。

「忍び込んだ連中はおそらく、私が遊佐から預かったものを探した」

まさか白昼堂々家探しをするとは予想以上だった。まずは盗聴器や隠しカメラを仕掛けに来るぐらいだと想定していたのに。

「それってつまり……」

清花が目を見開く。と、再び柿原から、今度はメッセージが届く。動画が添付されていた。再生するとモヒカン頭の男と短髪眼鏡の男が凪沙の自宅の玄関に近づき、ピッキングを始める。なんとも大胆だ。

添付された動画はもう一つあった。そちらも予想通りの内容だった。柿原に〈この借りは近々返します〉と返信してから清花を見る。

「協力してもらいたいことがあります」

「私にできることなら。あ、それと」

「はい？」

「敬語じゃなくていいですよ、神田さん。兄の同級生なんだから先輩ですし」

意外な申し出だった。少し信頼された証《あかし》なのか、と思うことにした。

「了解。じゃあまずこれを見て」

凪沙は清花に動画を見せた。


午後二時。西海が横浜駅近くの地下駐車場に現れた。清花が立っているのに気づき、彼女の傍に駐車する。

「お呼び立てしてすみません」

運転席から降りてきた西海に、朗らかに清花が言う。

「いえ。話があるというのは？　お兄さんのことですね？」

「はい。でも実は私ではなくて」

柱の陰に隠れていた凪沙は西海の背後に進み出た。ヒールの音に振り返った西海が眉を上げる。

「昨日はどうも」

「神田、さん……。驚いた。どうして」

笑顔を取り繕《とつくろ》おうとする西海より先に凪沙は微笑む。清花に協力してもらったのは、西海を呼び出すことだ。

「今、私が呼んでも警戒して来てくれないかと思いまして」

「はい？」

凪沙は西海の車のルーフにスマホを置き、動画の再生をタップする。みるみるうちに西海の顔が引きつっていく。

公園のベンチに座るモヒカン頭と短髪眼鏡の二人組の男。ベンチに西海が歩いてくる。分厚い封筒を二人に渡す。引き換えに西海は黒い鍵付きの小箱をモヒカン頭から受け取っている。

ゆうべ雑貨屋で買ったものだった。「遊佐から鍵付きの箱を預かっている」という嘘は、西海にしか話していない。そして空き巣犯はまんまと箱を盗み、西海に届けた。

「ちなみに二人組が私の家に侵入する場面も別に撮っています」

撮影したのは柿原だ。

昨日、西海にブラフを打った時から「留守を狙うかもしれない」と予測した。ふつうなら躊躇《ちゅうちょ》するだろうが、幸い虚偽報道の件で凪沙の自宅はネットに晒《さら》され、「突撃取材」などの被害も受けている。今ならそういった愉快犯の仕業に見せかけられる、と西海が計算してもおかしくなかった。だから柿原に日中の外出時のみ、張り込みを依頼したのだ。定点カメラを仕掛けてくれるだけでもよかったが、本当に「暇」だったらしい柿原は実行犯の尾行まで引き受けてくれた。大きな借りができてしまった。

「返していただけませんか？　彼らに私の部屋から盗ませた箱を。とぼけても無駄ですよ」

西海の手が伸びる。凪沙はすばやくスマホを取り上げる。空を切った手をルーフにぶつけ、西海が舌打ちした。

「ふざけた真似しやがる」

バリトンボイスが荒々しくなる。

西海は車のダッシュボードを開き、中から壊れた小箱と、凪沙のボイスレコーダーを地面に放り投げた。小箱が空ではすぐバレるのでボイスレコーダーを入れておいたのだ。録音の状態にして。

「偽物だった」

「あなたと空き巣犯の会話が再生されたでしょう。びっくりしましたか？」

「ああ。そうだ、うっかり消去を忘れていたよ」

口角を上げてから西海は思いきりボイスレコーダーを踏み潰した。

「おまえ本当は遊佐から何も預かっていないんだろう？　引っかき回すんじゃない。偉そうに記者面できる立場か？　え？」

「あなたこそ自分の立場わかっていますか？」

凪沙は目を細め、冷ややかに言う。

「住居侵入と窃盗の教唆」

言いながら投げ捨てられた箱と潰れたボイスレコーダーを拾う。

「さらに器物損壊罪」

「そんな動画で俺を落とせると思ってるのか。これだから顔だけが売りの女記者は能天気で困る」

「政治家が後ろにいると強気ですね。でもいつトカゲのしっぽ切りに遭うかわかりません」

「何？」

凪沙は車を挟んだ向こうに立つ清花に目配せする。清花が遊佐のスマホを西海に見せた。

「遊佐が預けたものが出てきました」

西海が目を剝《む》く。清花と凪沙を交互に睨む。

「今すぐ渡せ」

凪沙は腕を組み、もう一度嚙みしめるように言った。

「自分の立場を、考えてください。西海さん。いつまでも権力の側に立っているつもりですか？　訴えられたくなければ私の質問に正直に答えてください」

じりじりと音がしそうな沈黙が駐車場に流れた。やがて観念したように西海が視線を下げる。

「何が訊きたい」

「遊佐があなたに揺さぶりをかけたのは事実ですか？」

「ああ。その携帯に入っている画像を見せてきた。どうやって手に入れたのか知らないが」

「蛭田景行の裏帳簿ですよね？　あなたがどうして血眼になって探すんですか？」

「出所が問題なんだ。すでに廃棄した代物だ」

「廃棄した？」

西海の言葉で思いついたのは、恐ろしい可能性だった。

「あなたが廃棄したんですか？」

「俺の一存じゃない」

つまり西海のいる講談新聞社の組織的判断。

「一年前の騒ぎの時期、突然うちの社に印字された帳簿が送られてきた。匿名で。だから蛭田先生に伺いを立てた。ファクトチェックだよ」

刹那、殴りつけたい衝動に駆られた。どの口がファクトチェックなどと言うのか。深呼吸で怒りを鎮める。

「その結果、廃棄するよう命じられ、従った？　正気ですか？」

「持ちつ持たれつだ。無駄に先生たちを怒らせたら仕事がなくなる」

マスコミの良心は欠片《かけら》もなかった。業界には西海のような記者ばかりではない。そうはわかっていても強烈な無力感に襲われる。だがこれで遊佐が西海を調略するために帳簿の写真データを使ったことには納得がいった。

「廃棄したはずの帳簿が、写真という形で残っていた」

「ああ、だれが撮ったのか。うちの社の人間なのか。皆目わからん」

頭を抱える西海に、凪沙は冷ややかに言う。

「新聞社が廃棄した不正の証拠。こんなものが公になれば会社存続の危機になりかねない。一方で、蛭田たちからの信用も失う」

西海は崖《がけ》っぷちだ。

「兄を殺したのはあなたですか？」

清花が西海の背後に立っていた。厳しい表情で西海の顔を見上げている。

「まさか。私じゃない」

「動機はあるじゃないですか。あなたがやったんでしょう！」

叫ぶと同時に清花は西海に摑みかかった。体格差をものともしない勢いだった。

「バカ、離せっ」

西海が清花の手首を摑む。

「清花さん！」

慌てて凪沙は清花を引《ひ》き剝《は》がす。予想以上の力だった。必死に羽交《はが》い絞《じ》めにし、西海に顔を向ける。

「無実を証明できますか？」

「アリバイがある！　あの夜は会合だった。何十人も証人がいる」

「今日みたいにだれかを雇ったのかも！」

清花は嚙みつくように言う。

「空き巣と殺人じゃわけが違う」

「アリバイをひとまず信じます！　清花さん、落ち着いて」

凪沙は二人の言い合いを制するように、西海に叫ぶ。

「でも遊佐の死に蛭田議員が関わっていないとは考えにくい」

「知らん！　おまえの言う通り私だって政治家のコマの一つだ。何から何まで知るわけないだろう」

不遜《ふそん》な開き直りだった。

「わかりました。告訴されたくなければもう一つ条件を呑んでください」

「条件？」

「……蛭田景行と会わせてください」

「なんだと？」

西海が声を上ずらせる。

「今すぐに」

キーマンは蛭田なのは間違いない。遊佐が蛭田に迫り、殺されたとするなら。蛭田が殺害を指示した可能性は十分、ある。西海と違い、政治家の黒い人脈は闇が深い。だから蛭田を追及しなければならない。ジャーナリストとして真実を追い、事実を手に入れる。

西海は額の汗を拭った。損得勘定をしているのか、切り抜ける術を模索しているのかもしれない。

「いいだろう。ダメ元だが聞いてやろう」

数秒の熟考のあと諦めたように言った。


「さっきみたいな無茶はしないで」

駐車場を後にしてから凪沙は清花に言った。

「大の男相手に」

「大丈夫です。兄から護身術教わっていたし」

「護身じゃなかったでしょう、さっきのは」

助手席の清花は「子どもか」とつっこみたくなる膨れっ面をした。赤信号に引っかかり、清花が持ったままだった遊佐のスマホを取り上げる。電池残量がかなり減っていたので電源を切り、バッグにしまう。

「あなたが危険な目に遭ったら遊佐に申し訳がたたない」

清花が俯く。言葉を迷うようなそぶりをしてから、静かに口を開く。

「神田さんの言う通り兄は正義感の強い人でした。そんな兄が神田さんを信頼した理由、今日で少しわかった気がします。神田さんも強い」

凪沙は首を横に振った。

「強さって何なのか、私も遊佐も昔から考えてた」

「昔？　そういえば中学時代に何かあったんですか？　以前兄が仄《ほの》めかしていたことが」

凪沙の中で古い記憶が熱を持って灯《とも》った。清花にあえて隠す必要性はなかった。

あの初対面の日だ。

凪沙が怒って投げたテニスボールを追って、遊佐はコートの裏手に走った。さすがにやりすぎたかと思った凪沙も後を追った。

ボールを拾った遊佐はそのまま校舎の壁面で壁打ちを始めた。下は小石も雑草もある土だ。失敗するのも無理はない。他の二年生はコート内で練習しているので不思議に思った。

——ねぇ、なんで一人で練習してるの？

遊佐がまた打ち損じたボールが転がる。

——別に。

遊佐がボールを拾う。

——答えになってない。

——答えなんてねぇから。

ラケットと壁をボールが往復する音が、校舎の陰に響いた。いけすかない優等生キャラの遊佐は、痛みを我慢するような横顔でラケットを振っていた。西日が隠れる。薄暗くなる。その姿がひどく孤独に見えた。

翌日、凪沙は知り合いに訊きまわって「答え」を探し、知った。

遊佐はテニス部の三年生の喫煙を知って、顧問に告げたのだ。他の部員が黙っている中で、一人。でも顧問は黙殺した。三年生は県大会を控えていたし、問題を大きくしたくなかったのだろう。結果、テニス部で遊佐は孤立して、練習させてもらえなくなった。もともと頭の良さなどで妬《ねた》まれていたから余計にひどかったのだろう。

そのテニス部の顧問が関口。英語教師にして凪沙のクラス担任だった。凪沙は関口に抗議した。なぜ喫煙した三年生を咎めないのか、遊佐がひどい目にあっているのに黙っているのか、当時の勇気と語彙《ごい》力を総動員して質問した。自分が聞いた話は間違いなのではないかとか、本当だとすれば謝ってくれるはずだとか考えていたが、そうはならなかった。

最初はやんわりとかわそうとしていた関口だったが、引き下がらない凪沙に対して不愉快さを隠さなくなった。

渋々《しぶしぶ》「顧問として対応する」という回答を引き出したが、最後の言葉は忘れられない。

——言っとくが、社会に出たらこうはいかないからな。

意味不明だった。まるで自分が身勝手を突き通したように言われるのも、急に「社会」を持ち出されるのも、理解できなかった。

後日、テニス部の喫煙問題が明るみに出て、三年生は全員が大会出場停止になった。

遊佐はテニス部をやめた。凪沙は男子テニス部の一部から嫌がらせを受けるようになった。「神田のせいで喫煙してない生徒まで出場できなくなった」という話がどこからともなく広まったからだ。

遊佐と二人で話をするようになったのはその頃からだ。

——なんで余計なことしたんだ？

テニスコートの裏手、西日が差す放課後に二人並んで話をしていた。

——自分もでしょ。

——俺はテニス部だから。神田は無関係だ。別に俺と仲よかったわけでもないし。

遊佐が小石を壁に投げた。

——だって遊佐がしたことは正義だよ。なのにハブられて。私はテニス部と無関係だけど、だから黙ってなきゃいけないの？　戦争行ったことない人は戦争反対って言ったらダメってこと？

遊佐が目を瞬《しばたた》かせた。

――なんだかすごい屁理屈《へりくつ》だな。

――私は、間違ったことしてない。

なのに、どうして苦しくて不安なのだろう、と思った。

――テニス部、やめたのは私が引っかき回したから？

遊佐の顔を見た。無表情に壁を見ていた遊佐が、笑った。

――あんな部活より、おまえとしゃべってた方が有意義だと思ったから。


運転しながら、かいつまんで清花に伝え終えた。

「私たちは強かったわけじゃない」

強かったのなら自分たちを守れていた。もっと賢く問題を解決できていた。

強さとは守りたいものを守る力だ、という思いは遊佐と共有していたと思う。ずっと。

それでも働き始めれば上手くいかないことだらけだ。「社会に出たらこうはいかない」。関口の言葉は棘《とげ》となっていた。

常にベストな取材、報道ができているなどとは言えない。間違えたこともあった。諦めたこともあった。拾うべきだれかの声を聞き逃すこともあった。

ニュースアイズの件もそうだ。ああなったのは、圧力に負けたせいだけではない。凪沙の心のどこかで驕《おご》りがあったからだ。自分だけが「事件」に気づいている、と。一刻も早く報道したい、という欲もあった。冷静で公正な自分ではなかった。だから足を掬《すく》われた。いまだに立ち直れないのは、自分の非を自覚しているからだ。

「少なくとも私は今も自分が強いなんて思ってない。守るべきものを守れていないから。真実を追って、事実を世の中に伝えるなんて偉そうなことを言ったけれど、綺麗事《きれいごと》。それじゃ何も変わらないのに」

「いいじゃないですか」

鼓舞するように清花が言った。思わず顔を向ける。清花は潤《うる》んだ目で凪沙を見据えていた。

「綺麗事じゃ何も変わらないって言うけど、綺麗事を否定したら何か変わりますか？　もっとひどくなるだけです。私は神田さんのことも兄のことも尊敬します」

まっすぐな言葉に体の奥が波打つ。

「ありがとう」

数分してスマホが鳴った。ハンズフリーで通話状態にする。西海からだった。

「アポが取れた。取材を受けるそうだ」

不機嫌な声が告げる。

蛭田景行との対面は十六時過ぎ、横浜市内のホテルで会うことになった。

出迎えたのは蛭田の秘書だった。表情の乏しいサイボーグじみた男だった。形式的に名刺交換をする。それから清花をラウンジで待たせて、凪沙は高層フロアにある貸会議室に案内される。

客室の通路とは切り離された場所にある会議室は、VIP向けのようだった。長い通路には日常の音がない。日常と隔絶《かくぜつ》された場所の住人に会いに行く、そんな感覚になる。

秘書がノックし、「お連れいたしました」と告げる。

「どうぞ」

蛭田の声。

ドアが開かれる。壁一面の窓が見えた。夕暮れが近づく横浜の眺望を背に、スーツ姿の蛭田景行が立っていた。柔和な印象の垂れ目で鼻は高い。甘いマスクと形容される顔立ちだ。だが、体全体から放たれる威圧感があった。上背もある方だが、そのせいではない。目に見えない闘志の鎧《よろい》をまとっている。

「どうぞ適当におかけください。あいにく立て込んでいて、十分しか時間が取れない」

蛭田が言った。よく通る声質だった。目配せすると秘書は退室した。

「お忙しいところ、ありがとうございます」

凪沙は席に座らず、蛭田に歩み寄った。

「録音をさせていただいても？」

「申し訳ないが」

「ではメモを取るのは？」

「いいでしょう」

凪沙は手帳とペンを取り出した。

「さっそくですが遊佐京介という警察官が死亡した件です。こうして面会に応じてくださったのは、彼の死に関わっているから、と考えてよろしいですね？」

蛭田は大仰に首を横に振った。

「あなたの要求に西海さんが大変困っているようだったから時間を取ったまでのこと」

「遊佐と面識がありましたか？」

「ええ。一年前に私を逮捕しようとしていた」

「彼が捜査を継続していたのはご存じですか？」

「そういう噂はね。私を守りたい方たちが親切に教えてくれるので。たとえば西海さんのように。そうだ、こちらから質問しても？」

言いながら蛭田が窓際を離れた。

「なんでしょうか？」

「あなたが世間を騒がせていることは知っている。虚偽報道か否かはこの際置いておこう。とにかくあなたはバッシングの矢面に立ち、番組も降板された身だ」

「はい」

蛭田は上座に腰を下ろし、微笑する。

「にもかかわらずこうして動いているのは、あなたのジャーナリスト魂の賜物《たまもの》か、あるいは遊佐刑事への特別な感情ゆえか」

笑いそうになる。まさか清花に続いて蛭田に邪推されるとは。

「私と遊佐は友人です」

「友人の解釈は広い」

「男女だからと偏見を抱かないでください」

「偏見？」

「互いに恋愛感情がないから続いた関係です」

「失礼。あまりに熱心なのでね」

「遊佐が正義感によって命を落としたなら、同じ正義感で無念を晴らしたい。真実を追いたい。それだけです」

毅然と言った。蛭田の表情が一瞬消えた気がしたが、すぐに笑みが戻る。

「どうぞ取材を続けてください」

「蛭田さんは遊佐がなぜ死んだのか知っていますか？」

「いいえ」

「一年前のご自身の不正献金疑惑については、無実を主張されますか？」

「もちろん」

「疑惑を独自に追い続けていた遊佐が不審な死を遂げたのはあくまで偶然だと？」

「私は彼を殺してなどいませんよ」

「支持者のだれかに『遊佐刑事に消えてもらいたい』などと愚痴《ぐち》をこぼしたことは？」

「殺人を仕向けるなどありえない」

蛭田は快活ともとれる声で言った。

「第一、動機がない。私は証拠を摑まれたわけでもない。何せ、無実ですから」

芝居がかった手振りで言った。

「遊佐は帳簿の画像を残しています。あなたが西海さんに廃棄させた帳簿の」

「廃棄させた？　記憶にない」

見え透いた常套句《じょうとうく》を平然と使ってくる。

「西海くんから聞いたが、ブレブレの写真だったそうじゃないですか。原本のデータでもない限り証拠にはならない」

余裕の態度だった。凪沙は頭を回転させる。

「原本のデータ、とおっしゃいました。遊佐がそれも持っていたとしたら？」

蛭田が片目だけ細めて凪沙を見る。

「彼は自身の身を守るため、友人に託した」

「あなたに？」

「そうは言っていません」

蛭田は一拍の間を置いて破顔一笑した。

「嘘ですね。あなたは有能なジャーナリストだろうが、山師には向かない」

自分が持っていると仄めかしてボロを出させようとしたが、西海とは違い、ブラフに全く動じる気配はなかった。凪沙は臍《ほぞ》を嚙む。窓を一瞥する。外に見えるみなとみらいの観覧車がライトアップされ始めた。ビル群の窓、ネオンも、車も光を灯し始めている。

「もう日暮れか」

蛭田が窓を見ながら言った。

「この街の夜景は美しい。ほとんどが、だれかが働いているから灯る光だ。オフィスビルの美しい光は、過重労働で苦しむ社員がいるせいかもしれない。いくら働いても生活が苦しい国民がいる」

「ええ。大勢」

「私は苦労知らずだが、国民の苦労は知ろうとしている。貧困をなくしたい。そのためには力なき者たちの政治参加が必要だ」

蛭田は再び席を立ち、窓に近寄った。

「若手も女性もマイノリティも政治の世界には足りない。もっと目を向けなければ」

今なぜ理念を語り始めたのか、凪沙は蛭田の真意を探ろうとする。もっともらしい話で矛先を逸らそうとしているのか。背筋に力を入れる。口先に惑わされてはいけない。汚職に手を染め、司法やマスコミに圧力をかけた相手だ。

「失礼ですが蛭田さんのお父様こそ社会的弱者に目を向けない政治家、ではありませんか？」

蛭田が笑った。走り疲れたような笑みだった。

「ええ。社会的弱者に椅子を増やせ、という話を椅子取りゲームと勘違いする輩《やから》が多い。

父もその一人だ」

「でも揺るぎない権力を持っている」

「ではその権力こそをあなたたちマスコミが揺るがせればいい。国民を鼓舞して」

できるわけがない、と挑発している。ペンを握る手に力がこもる。先ほどから手帳は白いまま埋まっていない。

「もう一度お訊ねします。遊佐が死んだ理由に心当たりは？」

「ない」

凪沙は唇を舐める。面会時間はもう僅《わず》かだ。遊佐なら、どう切り込んだだろう。とっさにそう考えている。

小ばかにしたような遊佐の笑みが浮かんだ。

「どうしました？」

蛭田が怪訝そうに言う。凪沙は自分が微笑んでいたことに気づき、「いえ」と首を振る。遊佐に訊いても仕方ない。「俺に訊くなんて情けない」と笑われる。自分のやり方は自分が知っている。

「蛭田さんは、遊佐という刑事にどんな印象をお持ちでしたか？」

「さあ。直接話したことは、ほとんどなかったから」

「少しはあった？　何を話しましたか」

「……金銭の授受はないかと聴取をされた」

自信に満ちていた蛭田の声音がわずかに揺れた気がした。嘘をついている？

凪沙は頭に並べた質問のカードの山から、一枚を選び取る。

「遊佐が生きていれば、今何を話しますか？」

蛭田が言葉に詰まった。

見えない鎧に罅《ひび》が入った。

でも、なぜ？

ノックの音がした。秘書が入室する。

「先生、お時間です」

蛭田が手を上げて応える。摑みかけた糸口が逃げていく。凪沙はもどかしさに地団太を踏みたくなる。

「記者クラブの連中がしてこない質問でばかりで楽しかった。……神田さん」

一歩踏み出した蛭田が凪沙の顔を見た。

「あなたも、私が政治家だからと偏見を持っているんじゃないか？」

言ってから蛭田は、口にしたことを悔やむ顔になった。

「それはどういう……」

「神田さんを下まで送って」

遮って蛭田は秘書に指示した。それ以上は食い下がれなかった。

――『相対的貧困』の問題を見過ごしてはなりません。子どもたちに、格差のない未来を準備したい。

――政治家は不正をして当然という風潮をなくしたい。若者が、社会的弱者が動かす国を作る。そのために私は、この身を犠牲にする覚悟です！

凪沙はスマホで過去の蛭田のインタビューを見ていた。視聴者が動画サイトに無断掲載した、ニュースアイズの映像だ。語っていることは本心なのだろうか。対外向けのパフォーマンスなのか。数分の対面で、わからなくなる。

バッグから遊佐のスマホを取り出す。電源を入れ、裏帳簿の画像を見る。この出どころも謎だ。遊佐に提供したのはだれなのだろうか。講談新聞社内の義憤に駆られただれか？

車のドアが開き、清花が帰ってきた。

「買ってきました」

「ありがとう」

凪沙のためにコーヒーとサンドイッチとおにぎりを買ってきてくれたのだった。

「すいません、遅くなっちゃって。コンビニがけっこう遠くて」

清花のスマホには地図が表示されている。それを見て凪沙はコーヒーを口に運ぶ手を止めた。

「ところで神田さん、サンドイッチとおにぎり両方食べるん……神田さん？」

急にエンジンをかけた凪沙に清花が戸惑う。

「ごめん、もう一度ジャック＆ベティに行く」

「えっ？」

「考えてみればおかしいの。スマホに地図の履歴が残っていたことが。ジャック＆ベティは横浜で有名な映画館よ。遊佐が行き方を知らないわけがない」

「あっ、確かに！」

ましてや遊佐が最初に配属されたのは伊勢佐木署。ジャック＆ベティは管轄内だ。なぜすぐ気づかなかったのかと自分に呆れる。

「きっと履歴を残しておいたのは、意味があるはず」

凪沙は車を飛ばし、若葉町に引き返した。

到着した時、折よくジャック＆ベティの「ジャック」の方で上映が終わったところだった。チケット売り場のスタッフに断りを入れてから、人の流れに逆らって凪沙と清花はジャックに入る。目撃者の証言によると遊佐は上映後すぐ出て行ってしまった。座っていたのは最前列。

凪沙と清花は最前列の左右に立ち、端から順に青い座席をチェックしていく。座面、椅子の隙間……

「神田さん！　何か、何かあります」

ほどなく清花が声を上げる。端から四番目の席、ドリンクホルダーの下だった。

セロハンテープで張り付けられた、ＵＳＢメモリがあった。

近くのネットカフェに駆け込み、ＵＳＢメモリを開いた。ある程度予想はしていたが、衝撃を受ける。

中身は、蛭田へ流れた不正献金の裏帳簿。その原本のデータだった。遊佐のスマホに残されていた写真より鮮明なのは言うまでもなく、写真にはなかったより詳細な収支や、相手企業の担当者の名前まで記載されている。

西海の新聞社に送られ廃棄された帳簿は、このデータを出力したものに間違いない。遊佐のスマホに残っていたのは、廃棄される前にだれかが写真に撮ったもの……。

そこまで考えて混乱する。

帳簿を流出させた者、新聞社に送り付けた者、廃棄される前に写真を残し遊佐に渡した者。全てが同一人物とは考えにくい。が、ばらばらの人間同士というのも無理がある。蛭田を告発しようというグループが存在するのか。

だとしても矛盾がある。なぜ帳簿をよりによって西海の新聞社へ送ったのか。西海が蛭田と通じていると知らなかった？　百歩譲ってそうだとしても、他のマスコミ各社に送られた気配がないのはおかしい。グループの行動がちぐはぐで、一人たりとも「顔」が見えない。

いや、一人は遊佐、ということなのか。

では遊佐という仲間の死にグループは関与しているのか。

刹那。ある可能性が去来した。一見ありえない、でも矛盾の生じないただ一つの可能性。

「不正の証拠になりますよね、これ」

清花が高揚《こうよう》した声に、思考をいったん打ち切る。

「そうね。上手くやれば。もちろん裏付けも必要」

「どうしますか？　このＵＳＢ」

パソコンを眺めて答えに窮する。

すると、フォルダにもう一つ無題のファイルがあることに気づいた。凪沙はマウスを動かしカーソルを近づける。

「受付で充電器借りてきます」

「え？」

手を止めて清花の声に振り返る。遊佐のスマホを持っていた。

「電池がもう五パーセントしかないんで」

凪沙は首を傾げた。


ネットカフェを出たところで凪沙のスマホに着信が入った。兼松からだ。

「もしもし神田さん。今、大丈夫？」

「はい」

「情報が入ったの。死亡当夜に遊佐さんと会っていた人物の情報」

声を潜めて兼松が言う。凪沙の体を緊張が駆け抜ける。

「どこにいる？　今から会えない？」

「イセザキ・モール近くです」

「なら昼と同じ場所にしましょう。十五分で行ける」

「了解です。こちらも収穫が」

「そう？　楽しみだわ」

電話を終えて息を吐いた。

「昼間の検察の人ですね？」

硬い表情の清花が言う。凪沙は頷いてから手帳とペンを取り出した。


横浜公園近くの駐車場に車を停《と》める。

「ちょっと待っていて。待たせてばかりで悪いけど」

凪沙は言った。

「大丈夫です。プロの仕事の邪魔はしたくないんで。いってらっしゃい」

清花が笑みを作って言った。手にはメモ用紙が握りしめられている。

車を降りて道路を渡り、公園内に入る。夜になって気温が一段と冷え込んでいた。昼と同じベンチを目指して歩いていると、後ろから「神田さん」と声をかけられた。振り返るとマフラーを深く巻いた兼松がいた。

「兼松さん」

「こっちへ」

短く言い、兼松はわき道に入っていく。日本庭園の方だった。街灯も少ない曲がりくねった遊歩道を歩く。木々が茂り、夜の闇が一層濃くなる。二人のヒールの音だけが乾いた音を鳴らしていた。

池のほとりで兼松が足を止めた。振り返ったその手に、USBメモリが握られていた。

凪沙は戸惑い、メモリと兼松の顔を見比べる。

「遊佐が会っていた人物の情報がその中に？」

「ええ。これを提供するから、まずあなたの収穫したものを教えて」

「蛭田の裏帳簿の、原本が見つかりました」

兼松が目を瞠る。

「本当？」

「はい。ここに」

凪沙はバッグからUSBを取り出す。

「USB交換ね」

と笑って、兼松が手を出してくる。凪沙は手をバッグに戻した。

「神田さん？」

「中身が本物か確認もしないんですか?」

兼松は肩をすくめた。

「あなたのことは信頼してるわよ」

「本物だと知ってるからですよね?」

ＵＳＢを戻した手で、凪沙は遊佐のスマホを取り出す。兼松が息を漏らして目を閉じた。

「盗聴アプリを仕込みましたね?」

昼にデータを確認させるためにスマホを兼松に貸した。データのコピーと称してケーブルをつないだ時にインストールされたのだ。ホーム画面にアイコンが表示されないタイプのスパイアプリだ。

「気づいてたの」

「あなたと会った後、急激に電池が減ったので」

「それだけで?　すごいわね」

「他にもあります。西海に雇われた男たちは私の留守を見計らったように空き巣に入った」

柿原の動画に映った二人は、呼び鈴を鳴らすことも窓を窺うこともせずピッキングを始めていた。あまりに大胆すぎだ。

「あの時間、私があなたと会っていると知っていたからです」

西海とつながっている。その意味するところは、兼松も蛭田の側ということだ。

「もう一つ。私がカレーにタバスコとマヨネーズをかけるのを遊佐から聞いたと言っていた」

「ええ」

「私が遊佐の前であの食べ方をしたのは遊佐が死ぬおよそ一週間前が初めてです。つまり遊佐と最後に会ったのは半年前というあなたの話は嘘。遊佐が一ヵ月前に協力要請をしたという話も、あなたが左遷されるという話も嘘！　あなたは西海同様、蛭田と癒着している」

「心外ね。西海以上よ。蛭田先生の父親とは長い付き合いなの。そこまでわかっていて呼び出しに応じたのは、ジャーナリストの性《さが》ってやつかしら」

凪沙は答えず兼松を睨む。

「悪いことは言わない。データを渡しなさい。権力に歯向かうのは利口じゃない」

「利口とか利口じゃないとかの話じゃないはずです」

「鼻につくわ。遊佐刑事そっくりね」

兼松はため息交じりに言った。

「あなたの能力は買う。西海のバカから聞いた。蛭田先生に会ったそうね。電源切られて盗聴はできなかったけど、よくやった。でももうここまでにしなさい」

「検察が犯罪をもみ消すんですか？」

「もみ消すんじゃない。最初から犯罪なんてなかった。結論は我々が用意する」

目の前のベテラン検事は冷徹に言い放った。凪沙は首を横に振った。

「報道します」

「本気で？　報道の自由なんてお飾りよ。それにね」

兼松が同情的な笑みを浮かべた。

「百歩譲って世間に知らせることができても、大して盛り上がらないわ。この程度の汚職事件は華がないもの。あなたの努力が徒労に終わるだけよ」

「検察官の言葉とは思えません」

「批判は真摯に受け止めるわ。データを渡して」

「お断りします」

兼松が体を震わせ、白い息を吐く。凪沙は身構えた。力ずくで来られたら対抗できるように。

だが兼松はそっと、手にしたままのUSBを掲げた。

「取引をしたいのよ」

昼と同じセリフを同じトーンで言う。

「これの中身はね、独自のルートから仕入れた、恵美佳さん変死事件に関する捜査資料」

「え？」

予想だにしていなかった言葉に、呆気にとられた。

「あの事件にはどうやら深い闇がある。この中にはその闇に迫る手がかりが入っている」

「そんなものあるはずが……」

「検察の力を見くびらないで。あなたがどうして嵌められたのかの答えもあるのよ。欲しいでしょう？」

凪沙は喉《のど》を震わせたが、声が出なかった。

あの事件の手がかりが、ある？

「あなたはあの事件の真実を追いたいはずよ。汚職なんかよりもっと大きな事件」

兼松がUSBを突き出して、踏み出す。凪沙は後ろに下がっていた。下がるな、と自分の足に命じても、じりじりと後退してしまう。

頭の中に駆け巡ったのは、自分に対するバッシングの声。多治見一善や久遠光莉の批判。カメラの前で頭を下げた時の敗北感。責任を放棄した局上層部たち。——物言わぬ恵美佳の顔。なぜか生きていた頃の姉のやさしい笑顔も浮かんだ。

無念を晴らしたい。真実を追いかけたい。

「名誉を挽回《ばんかい》して世の中を覆したいでしょう？　神田さん」

名誉？　覆したい？

違う。人々に事実を伝えること。真実への道しるべを示すこと。自分の使命はそれだけだ。

「いらない！」

凪沙は怒鳴った。兼松がびくっと体を震わせる。

「私は、取引なんてしない。絶対に」

応じてしまえば、ジャーナリストの矜持は死んでしまう。

兼松が失望したような表情をした。そして持っていたＵＳＢを放り投げる。小さな水音を立てて、池に落ちた。

「残念だわ。平和的に行きたかったのに」

兼松がコートのポケットに手を出し入れした。あまりに自然ですばやい動作だった。ポケットから出てきた手に黒い物が握られている、と認識した時には、スタンガンを押しつけられていた。閃光《せんこう》と共に鋭い痛みが腹を刺した。「うぅっ！」と呻いて膝をつく。途端、兼松の膝が視界に迫った。顔の側面を蹴りつけられ、凪沙は地面に倒れこむ。痛みで動けなかった。

兼松が凪沙のバッグを奪い、中身を全て出した。

「意外ね。隠しカメラでもあるかと思ったのに」

地面に落ちたＵＳＢを兼松が拾う。取り返そうと凪沙が必死に伸ばした手は、踏みつけられた。

兼松がもう一度スタンガンを押しつけてくる。凪沙は目を閉じた。

気合の声と走り込む足音が響いた。目を開く。走ってきたのは清花だった。驚きながらも兼松がスタンガンを清花に向ける。が、清花は瞬く間に兼松の手首を極めてスタンガンを奪い取り、顔を殴りつけた。兼松がふらつき、後ずさりした。

「出るのが遅くなってすみません。神田さん」

泣きそうな声で言う。凪沙は首を横に振った。

「今のは護身術だったわ」

「習うのと実戦は違いました」

握った拳は震えている。

「どうして？　車にいたはずじゃ」

ぶたれた鼻を押さえながら兼松が言う。

「盗聴器に気づいたから、筆談したの。私は見張り役。残念でした！」

凪沙は呼吸を整えながらゆっくり立ち上がる。清花が言う。

「神田さん、連絡、取れました。すぐにここに来るって言ってます」

「そう」

「連絡？」

兼松が眉をひそめた。凪沙は深呼吸をしてから言った。

「蛭田景行さんからの連絡です」


和風庭園を離れて凪沙たちが向かったのは横浜スタジアムの中だった。兼松は黙って付き従った。階段を上り、フィールドを囲む膨大な観客席に出る。傾斜の急な外野スタンドを進んでいく。無人と思われた客席の中に、蛭田景行が座っていた。

近づいていくと、蛭田が微笑んだ。

「なぜ、先生が直々にこんなところへ」

兼松は困惑していた。

「兼松さんだったか。ご苦労様。データは？」

兼松がＵＳＢメモリを見せると、蛭田は満足げに頷き、受け取った。

「神田さん、そちらは遊佐刑事の妹さんか。連絡ありがとう」

「全て話す気になりましたか？」

「ああ。それが見つかってしまったのなら、万事休すだ」

「何の話です？　先生、私に任せていただければよかったのに」

事態が呑み込めない様子の兼松が言った。

「そうだな。君は私の父に忠誠を誓っている。私を守るために、人まで殺《あや》めてくれる」

「はい？」

兼松が半笑いを浮かべる。凪沙と清花は同時にハッと息を呑んでいた。

「蛭田さん、それじゃあ」

「ああ。遊佐刑事を殺したのは兼松さんだ」

あまりに無味乾燥な口調だった。

清花がほとんど反射で兼松に踏み出す。凪沙はとっさに腕を摑んで止める。兼松は蛭田を見つめていた。

「蛭田先生……何をおっしゃっているんです？　私は」

「遊佐から裏帳簿のデータを奪おうとしたんですね？」

凪沙は機先を制して言った。

「なぜ西海が清花さんや私が裏帳簿の画像データを持っていると考えたのか？　遊佐を殺した犯人が、死亡時に遊佐がスマホもＵＳＢも所持していなかったと伝えたからです」

「それが私だと？　憶測だわ」

「残念ながら目撃者がいる」

蛭田が言った。疲れた表情で兼松を見る。兼松は作るべき表情がわからない様子で、首を傾けた。

「私が目撃者だ。君が屋上から遊佐刑事を突き落とすところを見た」

「ご冗談は……」

「正確には転落しそうになった君の手を摑もうとした遊佐刑事が、足を踏み外したんだ」

兼松が青ざめ、絶句する。事件現場になぜ蛭田がいたのか、皆目わからないのだろう。

「この人が転落しそうになったって、どういうことです？」

清花が抑揚《よくよう》のない声で問う。蛭田が言う。

「私はあの日の夕方、遊佐くんから電話を受けた。『兼松検事に話があると呼び出された。裏帳簿のデータを要求してくるはずだ』と」

「待ってください……なぜ先生に」

「一ヵ月前、遊佐くんから裏帳簿のデータを持っていると情報を流された兼松さんは、人を雇って遊佐くんを尾行させていたそうだ」

凪沙は思い返した。凪沙の偏食の情報も知っていたということは、多国籍料理店でも尾行されていたはずだ。そういえば自分たち以外に一人だけ会社員風の客がいた。あの男が兼松の息のかかった尾行者だったか。

蛭田が兼松に視線を固定する。

「だが遊佐くんは気づいていた。尾行者を締め上げ君が依頼したと自白を引き出した。尾行者を通じて君に連絡を取った遊佐くんから、君は裏帳簿のデータを手に入れようとしたんだな。大方、『データを渡してくれなければ、私は飛び降りる』とでも言って遊佐くんを脅したんだろう?」

泣き落としの類だ。

「そんなことのために、お兄ちゃんは……」

清花の震える声がつぶやく。

凪沙は脳裏でイメージを浮かべる。夜、屋上の縁で「飛び降りる」と宣言する兼松。自殺を阻止しようと走り寄る遊佐が、足を滑らせる。争ったような足跡が残る……。

「事故だったんです。あれは」

兼松が鋭い声音で決定的な一言を告げた。「私はデータが欲しいと頼んだだけ。政治家に歯向かうメリットはないと散々説得した。でも彼は『データはある場所に隠した。渡す気はない』と。揺さぶるつもりで飛び降りるふりをして、懇願《こんがん》してみせたんです。彼がデータのありかを吐けば済む話だった。なのに、手を伸ばして近づいてきたからおかしなことになった。見ていたならわかりますよね？」

兼松の口調にはまるで悪びれた様子がない。他人事のようですらあった。凪沙は憤る以前に、むなしさを覚えた。

問いかけられた蛭田は憐れむような目で兼松を見ている。兼松は蛭田に問い返した。

「わからないことだらけです。なぜ先生があの場に？　なぜ遊佐と連絡を取り合っていたんです？」

蛭田は言葉を探すのに苦しむような顔をした。だから代わりに凪沙は言った。

「兼松さん、私から説明します。遊佐と蛭田さんが、手を組んでいたからです」

「手を組んでいた？」

「あなたは遊佐が蛭田さんを逮捕しようとしているから、阻止しようとした。でも疑問に思いませんでしたか。裏帳簿を流出させたのは？　講談新聞に送ったのは？　写真を残したのは？　すなわち遊佐に協力していた人物はだれなのか？」

視線を動かし、今度は目の前の政治家を見つめる。

「ここにいる蛭田さんですよ」

だだっ広いスタジアムに、凪沙の声は吸い込まれた。

蛭田が目を見開き、何かを言いかける。だが諦めたように白い息とともに言った。

「その通り」

「私も政治家は悪という偏見を取り除いて考えてみるべきでした」

凪沙は言った。ますます当惑している兼松に凪沙は言う。

「全ては蛭田さんと遊佐が二人で仕組んだ狂言だったということ。蛭田さん自身が提供した証拠で遊佐が蛭田さんを逮捕する、という計画です」

兼松は唖然《あぜん》として蛭田を見た。

蛭田は視線を落として静かに切り出した。

「遊佐くんと初めて会ったのは何年も前、日本の貧困について考えるシンポジウムの会場だった。彼の方から話しかけてきた。私がインタビューで語ったのと同じことを子どもの頃に口にしたのだ、と」

『今、もしも自分に自由に使える金があるなら、生活に困窮している国民の方々に配ります』。あれは何年も前の話だったのか。

「話してみると妙に馬が合った。それから交流が始まった。と言っても時々メールで連絡を取り合うだけだったが。警察と政治家が近しくなるのはいけないというのは共通認識でね。彼は実に面白い人間だった」

　懐かしむように言う。

「……きっかけは二年前だ。私の父が国民を踏みにじる発言をした。父は『謝罪すべき』と批判した私に笑って言った。『馬鹿馬鹿《ばかばか》しい。そのうち皆忘れるのだから』と。ずっと、父親のような政治家にはなるまいと思っていたが、離れることはできずにいた。でもその時、何かが自分の中で切れてしまった」

　蛭田はおもむろに立ち上がった。

「周りには父のような政治家ばかりだ。私は世界を変えたいが、力が足りない。政界でそのための力をつけるには父の真似をしなければならない。とんだジレンマだ。変えなければ、変えなければ、と頭で考えていても実際は父や仲間の汚職を黙認するどころか、金の一部を渡されていた」

「汚職の主犯ではなかったんですね？」

「私は父の傀儡《かいらい》だ。代々続く地盤を継ぐ以上、同じ悪事に手を染めなければならない。呪《のろ》いだよ」

蛭田は自身の両手を見た。汚らわしいものを見るような目だった。

「だから私は捜査二課に蛭田景行の汚職という情報を流した」

「自ら？」

慄《おのの》くような声を兼松が出す。

「ああ。膿を出すためだ。腐った政治家を一掃するため。私が逮捕されれば芋づる式に父や仲間にも捜査の手が及ぶ。私は裁判の場で知りうる罪を全て暴露する。他に手がなかった。もう、こんなやり方しか」

蛭田は乾いた笑い声で、スタジアムの人工芝を見下ろした。ひどく疲れた横顔だった。与党からすればさながら自爆テロだ。

蛭田は秘密裏に、遊佐に連絡をした。父が根回しをする前に。

「検察は兼松さんをはじめ、もっと上の人物まで父の手先だ。父は人の弱みを握るのが得意でね。二課は検察に比べれば父の手が回っていなかった。とはいえ協力者が必要だ。信用に足る人物は遊佐くんだけだ。当初の計画では、遊佐くんに逮捕してもらう手筈《てはず》だった」

「兄を巻き込まず自首すればよかったんじゃないですか？」

清花が咎める口調で言う。蛭田が力なく首を横に振った。

「自首するには物的証拠が必要だ。私がやりました、という証言だけでは逮捕されない。皮肉だが、私は汚職に付き合わされたことがあるだけだ。主犯ではないし、証拠は持っていない。証拠を集めようと動けば父に感づかれて、隠滅されるだろう。捜査機関の強制力で押さえてほしかった」

「遊佐は計画をすんなり承諾したんですか？」

「『人として正しいと思えることがしたい』。そう言って無茶な願いを聞き入れてくれた」

──正しいことをする組織が作りたいんだ。

遊佐の声が蘇《よみがえ》って、胸が詰まる。正しいことをするためには警察という組織に背を向けなくてはいけなかったというのか。

二人は結託した。ところが一年前、蛭田は逮捕されなかった。

「父の力を見くびっていたよ。捜査二課にすらも圧力をかけられ、あっという間に遊佐くんは孤立させられてしまった」

蛭田は再び目を瞑《つぶ》り、開く。

「私にできることは父に怪しまれないようふるまうことだけ。潮目が変わるのを待ち、再び計画を実行する。でも一年経っても二度目のチャンスは巡ってこなかった。私は決意した」

蛭田は深く重いため息を落としてから、居直るような口調で言った。

「私自身で架空の裏帳簿を作り、逮捕されるという筋書きを考えたんだ」

ポケットから、先ほど兼松から回収したUSBを取り出す。

「そのデータはデタラメってことですか」

ショックを受けた声で兼松が言う。

「ああ。裏帳簿は存在しない。あったとしても私は入手できる立場にない」

「偽物なんていずれバレます」

「遊佐くんにもそう言われた。だが私は他に手が思いつかなかった。すると、遊佐くんが提案してきた」

「偽の裏帳簿で逮捕される前に、裏帳簿があるという情報で様々な人間にぼろを出させる作戦、ですね」

凪沙は言った。

「まずは偽の裏帳簿のコピーを講談新聞に送って廃棄させた。後々、隠蔽工作をしたという罪を暴かせるため」

遊佐はさも本物のデータを握っているようなそぶりで西海を揺さぶる。検察内部の具体的な蛭田支持者もあぶりだすため、怪しんでいた兼松にも情報を流した。巧みに蛭田景行を逮捕しようとしている、と周囲にアピールする。

「兼松さんが父に通じているという確証も、遊佐くんの策のおかげで得られたよ」

蛭田が自嘲気味に言った。

結果、西海は凪沙に墓穴を掘り、兼松は遊佐を監視したことで逆に正体を摑まれた。

「もし蛭田さんを逮捕できたとしても、裁判まで持っていけるとは限らない。途中で再びお父様が圧力をかけてくるでしょう。でも蛭田さんの支持者である記者や検事が恐喝や空き巣に手を染めた既成事実は、不利な証拠として効いてくる。きっとタイミングを見計って、マスコミにも情報を流すつもりだったんでしょう」

警察や検察も一枚岩ではない。圧力のいいなりにならない人間たちが、西海や兼松の不正行為を知り追及すれば組織の旗色も変わってくる。そこまでしても蛭田が無罪となるかもしれない。が、そこに至る頃には世間で政権与党の評判はがた落ちだ。蛭田の目的はある程度達成できることになる。

政治家が警察官にわざと逮捕され、身内を売る――。前代未聞の計画だったのだ。

「だが薬が効きすぎた。あの日遊佐くんが兼松さんと会う、と聞いて胸騒ぎがした。私も密《ひそ》かに雑居ビルに向かった。まさに屋上で、二人が言い争っているさなかだった」

耐え切れなくなったように兼松が笑った。顔を覆い、膝をついて壊れたように笑う。

「本当に、本当に傑作ね。……私は、あなたたちの尻ぬぐいのために、手を汚してきたのよ。全ては秩序のために。なのに、こんな茶番……」

「ふざけないで!」

空気を割るような声で清花が叫んだ。

「何被害者ぶってるの? あなたは、兄を殺したのに」

「事故だって言ってるでしょう。百歩譲って過失致死かしら。刑法二百十条。五十万円以下の罰金に過ぎないわ」

「偶発的でもあなたが遊佐を呼び出して死なせたのは事実」

冷ややかに凪沙は言った。ましてや遊佐は、自殺をほのめかした兼松を救おうとして、死んだ。ブラフだと感づいていただろう。でも手を伸ばさないわけにはいかなかった。正義の男なのだ、遊佐は。

兼松は立ち上がり、威圧する目で凪沙を見据える。権力に取りつかれたその目を、凪沙は静かに見返した。

「君にもすまなかったと思っている。我々のために汚れ仕事をさせていたことも」

蛭田が兼松に対し、頭を下げた。

「だが神田さんの言う通りだ。処分が下されるまでは、大人しくしてくれ」

兼松が虚を突かれた顔をする。と、通路をスーツの男が二人歩いてきた。一人はホテルで凪沙を案内したサイボーグじみた秘書、一人は屈強な体つきの長身の男だった。ただの秘書なのか、ボディガードか、はたまた全く違う職種か。測りかねたが、蛭田の忠実な配下なのだろう。

二人は兼松の左右に立つ。兼松は大きなため息を落とし、踵を返した。

「残念です、先生」

二人の男に挟まれた兼松は通路の奥へ歩いていき、足音もすぐに聞こえなくなった。

凪沙と清花は、佇む蛭田に向き直った。

「架空の裏帳簿で支持者を揺さぶるまでは計画通りだった。でも土壇場で、遊佐は計画にない行動に出た、そうですね?」

USBメモリを凪沙は指さした。

「……ああ。そうだ」

ネットカフェでフォルダ内に、もう一つのファイルを見つけた。音声ファイルだった。

兼松の盗聴を避けるために遊佐のスマホの電源を切り、再生した。

中身は、今回の計画を打ち合わせる、蛭田と遊佐の肉声だった。どこでどのような口実で逮捕されるか、講談新聞社の関与をどのタイミングで供述するか、告発する政治家はだれにするか——詳細な内容だった。

想像もしていない衝撃だったが、受け入れるしかなかった。蛭田の自爆テロ計画を。

だから兼松に会う前に蛭田の事務所に電話をした。「音声データを手に入れた」と伝え、折り返しを清花に待たせて凪沙は兼松に会ったのだった。

「録音されていたことは知らなかったんですね？」

「知らなかった。いったい彼が何を考えていたのか、わかりようもない」

「遊佐は密かに、あなたを裏切るような真似をしていた。私なりに理由を考えました」

蛭田が眉を上げた。

「ＵＳＢは、私が入手できるようにヒントが撒《ま》かれていました。最後に飲んだ夜、蛭田さんの名前を印象付けてきたのも遊佐です。このことから、遊佐は賭けをしていたのではないかと」

「賭け？」

「あなたとの計画を実行する前に私が真相にたどり着けば、計画を中止するという賭けです」

自爆テロの目的は正しいのかもしれない。だが正しいやり方ではないと、遊佐本人は迷っていた。そうであるはずだと、凪沙は信じたかった。

「汚職の主犯ではないと知りながらあなたを逮捕すること、証拠の捏造の黙認。遊佐の行いは警察官としての一線を越えていました。あなたの人生を犠牲にすることになる」

凪沙が気づけば必ず二人の計画を追求する。そうなれば計画は断念するつもりだったのではないか。

「お兄ちゃんは神田さんの力を信頼していました。ありえます」

清花が涙声で言った。

「だが、彼は死んだ。思いは確かめようがない」

蛭田が厳しい声で言い放った。

「遊佐くんは私との計画に命を懸けていた。私にとってはそれが真実なんだ」

反論はできなかった。真実は人の数だけある。本当のことはだれにもわからない。

蛭田の目から涙がこぼれる。拭おうともせず、瞬きもせずに蛭田は凪沙を見つめた。

「全てを話した。そのうえで頼む。私と遊佐くんの計画を見逃してくれ」

深々と蛭田が頭を下げる。頼む、と。

「どうする気ですか?」

「私が遊佐くんを殺すよう命じ、神田さんの調査も妨害した。そういう筋書きにする」

「本気ですか?」

「事実、遊佐くんは私が死なせたようなものだ。彼を巻き込んだ」

「私に、事実を捻《ね》じ曲《ま》げろと言うんですか? あなたの人生はどうなるんです?」

蛭田は顔を上げた。

「私の人生などどうでもいい!」

蛭田は叫ぶ。気を落ち着かせるように深呼吸をする。

「私と遊佐くんの敵は、私の父でも特定の政治家でもない。この国のシステムなんだ。私の人生一つで変えられる可能性がある。安いものだ。頼む」

心の軸が揺らぎかけた。凪沙はつかの間、目を閉じていた。

瞼《まぶた》の裏に浮かんでいたのは西日の差す放課後だった。中学生の凪沙と遊佐が並んでいる、だれもいない校舎裏。

――テニス部、やめたのは私が引っかき回したから?

――あんな部活より、おまえとしゃべってた方が有意義だと思ったから。

笑う遊佐をしかめ面で見返した。

――有意義って何よ。

——俺は神田のせいで強くなれそうな気がするんだ。

目を見て問いかけられた凪沙は、顔を背けて「せいでって何。意味がわからない」と答えた。あの時は本当にそう思っただけだった。

目を開く。

今ならこう答えられそうだ。

——私は遊佐のせいで、弱くなりそうだよ。

自分の強さや正しさなんてまがい物で、遊佐に比べれば覚悟もちっぽけで、負けそうだ。遊佐は強い。正義のために自分を犠牲にした。犠牲にしてはいけない「自分」を。だが怒れない。怒る強さがない自分は、弱い。その弱さから逃げたくない。遊佐の正義には正義で応える。

「すみません、蛭田さん。私は見逃すわけにはいきません。もしあなたが計画を実行するなら、今日知った全てを公表します」

言って、頭を下げる。

「神田さん」

「私たちの使命は権力の監視です。蛭田さんの共犯になることは、使命から外れた行為です。あなたは父親と違う。理想があるのでしょう。まだ、他のやり方でできることがある。自爆テロなんかじゃない方法で！」

「私も」

清花が口を開いた。凪沙は顔を伏せたまま斜め後ろを見やる。清花は決然とした表情だった。

「私もそうしてほしいです。兄は心のどこかで蛭田さんの計画を止めたがっていたんだと思います。兄は自分が消される可能性も考えていて、そうなっても蛭田さんは計画を実行することも予測していた。だから神田さんにヒントを残していたに違いありません。神田さんなら止められるから！　蛭田さんに理想を叶えてほしかったはずです。私はこの真実を信じます！」

凪沙は正面を向いて顔を上げる。苦しみに耐えるような表情の蛭田に言葉をかけた。

「私は見届けたい」

「……私が父のようになってしまったら？」

「その時は糾弾します。ジャーナリストとして。ちゃんと敵として付き合い続けます。安心してください」

蛭田が無人の客席と、緑色のフィールドをゆっくりと見渡した。今、そこにはだれもいない。ここでの凪沙たちの会話も思いも、他に知る者はだれもいない。それでも確かに存在している。

ふっと力を抜いて、蛭田は微笑んだ。感情が入り交ざった笑みに見えた。

「そうか……わかりました。計画は中止だ」

目を拭い、蛭田は踵を返した。静かに歩き始める。清花が声を上げた。

「あの！　兄は最後の電話でなんて言ったんですか？」

「『心配いりません。世界を変えましょう』と」

立ち止まった蛭田は振り向かずに言い、再び歩き出した。

凪沙と清花はしばらく佇み、蛭田の気配が消え去るまで動かなかった。


それからひと月ばかりの間に、いくつかのことが起きた。遊佐京介の不審死が事故死と結論された。二階級特進で警視正となった。

捜査の過程で横浜地検の兼松優美が事情聴取され、のちに地方局への異動が言い渡された。週刊エブリーが大手新聞社の記者西海と暴力団関係者の癒着を報道した。

そして、蛭田景行が離党届を提出し、受理された。憶測は様々流れたが、本人は理由を語らなかった。他党と合流するのか新たな党を立ち上げるのか、としばらく注目されることなる。

蛭田の離党を報じるネットニュースを眺める凪沙は、中華街のある店にいた。

目の前では巨漢の柿原がフルコースをばくばく食べている。

「本当に奢りなんだよな?」

「そうです。こないだの借りを返します」

「最高。御用記者野郎のネタもありがとな」

シウマイをばくばくと頰張った柿原が、ちら、と凪沙を見やる。

「顔色、よくなったな」

「そう?」

「ああ。取材も再開したんだろ。神田凪沙、復活か?」

図らずも遊佐のおかげで。……いや。遊佐は自分と蛭田の計画に凪沙を巻き込むことで、凪沙が立ち直るかもしれないと、見込んでいたのではないか。

考えすぎかもしれない。だがそう信じることにする。真実は人の数だけ。凪沙にとっての真実は、遊佐が最後まで「戦友」でいたことだ。

凪沙は紹興酒を一口飲み、頷く。独り言のように言う。

「リハビリテーションは済んだ」

＊

——現在。

晴れた日に遊佐の墓に手を合わせた凪沙は、黙禱《もくとう》を終えた。

「誘ってくれてありがとうございました」

隣に立つ清花が言う。

「最近来れてなかったので。神田さんからの連絡嬉しかったです」

「ううん、こちらこそ。急だったのにありがとう」

「なんか、多治見が逮捕されたらしいですけど、神田さん関わってるんですか？」

「まぁ……ちょっと、ね」

言いよどむと空気を察したらしく、そうなんですね、と頷いて引き下がってくれた。

清花は変わらずハローワークで働いているそうだ。だが知り合いが立ち上げた会社に転職するかもしれない、と話した。

「私なりにどうにか頑張ってます」

そう言った笑顔は遊佐に似ていた。

「よかった。元気そうで」

本心から言う。

墓地の出口に差し掛かったところで、「あ、そうだ」と清花が思い出したように手を叩く。

「二年前、兄のスマホのロックを解除してくれたじゃないですか。四桁の」

「ええ」

「メグ・ライアンの誕生日って言ってましたよね」

「そう、言ったけど?」

十月十五日。凪沙と同じ日付。

「違いますよ」

「え?」

清花はスマホを取り出した。こないだ唐突に思い出して調べて見たんです、と言いながら。

「見てください、メグ・ライアンの誕生日。お兄ちゃん間違えてたんですね」

確かに十一月十九日と記載されている。

「え？　そんな」

ふと遊佐の声がよみがえる。

――メグ・ライアン、イコール初恋相手。

――メグ・ライアンの誕生日は十月十五日。

意味のない語順の入れ替えの、意味は。

「……神田さん？」

固まっていた凪沙に清花が声をかけてくる。

「どうかしました？」

「ううん、なんでもない」

明日、ネメシスの風真と栗田に会う。彼らが何をもたらすのか。自分はどこに向かうのか。不安を抱えた胸で一度だけ、墓を振り返った。

正義をおまえは貫けよ。

遊佐の声が聞こえた気がした。

本書は、連続テレビドラマ『ネメシス』(脚本　片岡翔　入江悠)第六話の脚本協力として、著者が書き下ろした小説と、そのキャラクターをもとにしたスピンオフ小説です。

〈著者紹介〉
藤石波矢（ふじいし・なみや）
1988年栃木県生まれ。『初恋は坂道の先へ』で第1回ダ・ヴィンチ「本の物語」大賞を受賞し、デビュー。代表作となった「今からあなたを脅迫します」シリーズは、2017年に連続TVドラマ化された。

ネメシスV

2021年5月14日　第1刷発行　　定価はカバーに表示してあります
2021年6月14日　第2刷発行

著者……………………………藤《ふじ》石《いし》波《なみ》矢《や》

発行者…………………………鈴木章一
発行所…………………………株式会社 講談社
〒112-8001 東京都文京区音羽2-12-21
編集03-5395-3510
販売03-5395-5817
業務03-5395-3615

KODANSHA

本文データ制作……………講談社デジタル製作
印刷……………………………豊国印刷株式会社
製本……………………………株式会社国宝社
カバー印刷…………………株式会社新藤慶昌堂
装丁フォーマット…………ムシカゴグラフィクス
本文フォーマット…………next door design

ISBN978-4-06-523484-6　N.D.C.913　255p　15cm